사람이 ~~~~~~~~~~ 사람에게

곱디 고운 소리. 당신 밥 먹는 소리. 소리 내 가며 밥 드세요.
혼자서도 기죽지 말고. '내'가 없으면 세상도 없는 거니까.
제일이야 단어.

내 말이 그 말이에요

내 말이 그 말이에요

오늘 하루를 든든하게 채워줄,
김제동의 밥과 사람 이야기

김제동 지음

나무의마음

차 례

7. "외로운 사람 모여라!"

8. 저는 '그런 세대'가 되고 싶습니다

아주 작은 웃음들이 모이면 우리 다 괜찮을 겁니다!

어떻게들 지내세요?

요즘 저는 방송이나 공연하는 것보다 집에서 살림하고, 전국을 돌아다니며 아이들과 이야기하는 시간이 더 많은데, 이런 생활도 참 좋습니다. 사람들을 직접 만나 이야기를 나누는 일, 역시 이게 제 체질인가 봅니다.

가끔 멀리 운전해서 가느라 너무 피곤할 때는 '이제 그만해야지'라는 생각이 들기도 합니다. 근데 막상 가면 좋죠.

사실 아이들과 만나도 별것 없어요. 아이들은 제가 누군지도 잘 몰라요. 그냥 책 쓴 사람이 온 거예요.

이때 아이들이 물어보면 뭐든 사실대로 말합니다.

"아저씨는 어떻게 힘든 일을 이겨내셨어요?"

"못 이겨냈는데….'

이렇게 말하면 아이들이 엄청나게 좋아합니다.

애들이 막 "와~ 못 이겨냈대."

이렇게 말하면서 웃어요.

얼마 전에는 제가 사는 곳에서 KTX 기차로 약 1시간 반 정도 걸리는 고등학교에 다녀왔어요. 기차역에 내려서 108번 버스를 타고 한참을 달려 학교 앞에 도착했습니다. 아이들과 만나 이야기하는 시간(사람들은 강의나 강연이라고 하지만, 저는 이렇게 말하는 것이 더 좋습니다.)이 있을 때면 때로는 5시간을 운전하고, 때로는 기차를 타고, 때로는 1시간 남짓 걸려서 도착합니다. 오늘은 타고 온 버스 운전석에 노란 리본이 매달려 있어 한참을 물끄러미 바라봤습니다.

혼자 가방을 메고 교문을 통과해서 걸어가니,

건너편에 저를 마중 나온 선생님이 보입니다.

제가 도착했다는 것이 누군가에게는

얼마나 기쁜 일인지를

마스크 위의 눈빛으로 알려 주시며

말 그대로 '환영歡迎'을 해주십니다.

덩달아 저도 신이 납니다.
기차 타고 다시 버스로 갈아타고 오는 동안의
피곤함은 어느새 다 날아가고
없습니다.

학교 복도를 지나서 교장실로 향합니다. 학교 다닐 때는 늘 혼나러 불려가던 곳이어서 그런지 조금 긴장이 됩니다. 왜 그런지 아시는 분 있으시리라 생각합니다. (웃음) 그런데 교장 선생님들은 왜 손님에게 하나같이 한약 같은 차를 내주시는 걸까요? (웃음)

하여간 맛있게 먹습니다. 차를 마셔서 그런지 몸이 따뜻해지고 마음도 포근해집니다. 복도에서 종소리와 함께 아이들의 왁자지껄한 웃음소리가 들립니다. 교장 선생님께는 죄송하지만, 그분의 말씀 사이사이에 들려오는 아이들의 목소리가 저를 더 신나게 합니다. 왜 그런지는 모르겠지만, 저는 아이들의 목소리를 들으면 대책 없이 위로받고, 그 눈빛을 보면 살아갈 힘을 얻은 듯 기분이 좋습니다.

교장 선생님의 따뜻한 환대를 뒤로 하고, 아이들과 이야기할 장소로 이동합니다. 드물게 저를 알아보고 소리를 지르거나, 선생님인 줄 알고 꾸벅 인사를 하거나, 자기들끼리 뭐라 소곤대며 종종걸음으로 제 앞을 뛰어 지나가는 아이들을 보고 있자니 이상하게 제

발걸음도 빨라집니다.

강당 안에 들어가서는 무대나 단상이 아니라 아이들 옆에 슬쩍 앉습니다. 제 책을 먼저 읽고 신청한 아이들이어서 그런지 저를 더 신기한 눈으로 바라보며 반깁니다. 그중 한 아이에게 괜스레 제가 묻습니다.

"요즘 사는 게 어떠냐? 민철아?"

민철이가 중저음 목소리로 대답합니다.

"괜찮은데요."

듣고 있던 아이들이 강당이 떠나갈 듯 웃습니다. 도대체 민철이와 제 말 중 어느 부분이 그렇게까지 재미있는지 모르겠지만, 아이들 덕분에 저도 덩달아 웃습니다.

선생님의 소개를 받고 마이크를 드는 순간이, 살면서 제가 가장 벅차오르는 때입니다. 아이들에게 말합니다.

"내가 배운 게 많지 않아서,

그리고 내세울 학벌도 없어서,

너희들에게 알려 줄 게 별로 없어.

그래서 오늘 우리가 함께할 이야기의 목표는

가르치고 배우는 것이 아니라,

서로의 마음을 들어 보는 시간이야.

그것도 재미있게!"

거창한 의미나 맥락보다는 1시간 동안 친구들과 떡볶이집에서 이야기하듯, 마치고 나면 아무것도 남지 않는 담백한 시간을 기대합니다.

본격적으로 아이들과 이야기하다 보면 제법 열기가 뜨거워집니다. 누군가 손을 들고 질문을 하기도 하고, 제가 묻기도 하지요. 마음과 마음이 모이면 가끔 누구랄 것 없이 가슴이 뭉클해지기도 합니다. 그래도 대부분은 함께 신나게 웃고 고민을 나누는 시간입니다. 어른들이 들을 때는 시시한 이야기일지 몰라도, 우리는 진지하고 재밌습니다.

마치고 나면 함께 사진을 찍거나 책에 사인도 합니다. 그러는 사이 제가 앞에서 이야기할 때는 한 번도 웃지 않던 한 아이가 고양이처럼 쓱 다가와 어깨동무를 하며 말합니다.

"처음엔 좀 졸았지만 재미있었어요."

제가 말합니다.

"봤어…!"

우리 둘 다 킥킥 웃습니다.

문득 마흔 넘어서 이런 웃음소리를 내본 적이 없는 것 같다는 생각을 합니다.

이런 날이면 돌아오는 길에 왠지 모르게 콧노래를 부르고 있는 저를 발견하게 됩니다. 그리고 우리 아이들도 집에 돌아갈 때 그랬으면 좋겠다고 생각합니다.

내말이 그 말이야!

여러분과도 이 책에서
그런 소소한 이야기를 하고 싶었습니다.
여러분도 그럴 때 있으실 거라고 생각합니다.
누군가와 마음으로 연결되고 싶고,
소통하고 싶은 마음,
저는 누구보다 깊이 이해할 수 있습니다.

문득문득 힘들고 지칠 때, 인생이 아무리 불행하게 느껴져도 그 불행의 총량만큼 기쁨이 있어야만 균형이 맞춰지는 건 아니니까요, 정말 다행히도요.

힘들 때, 기쁠 때,
문득 아무 페이지나 펼쳐 주세요.
그리고 말합시다. 이야기합시다.
그래야 우리 사니까요.

읽다 보면 저와 여러분이 이 책을 통해 나누는 이야기가 일대일 대화처럼 느껴질 거라고 믿어요. (웃음)

오늘도 제가 집에 도착하면, 우리 '탄이'는 신이 나서 또 제 주변을 다섯 바퀴쯤 돌겠지요. 가끔 왠지 모를 우울과 불안에 휩싸이는 저는 이렇듯 대책 없이 신이 나 있는 존재들 덕분에 위로받고 회복하는 것 같습니다.

여러분은 어떤 작고 기쁜 순간들로 마음을 채우시나요?
이 책은 여러분과 그런 순간들을 기억하고, 함께 나누고 싶어 쓰게 되었습니다.
읽는 내내 우리 함께 행복할 겁니다.
진짜!

2024년 3월
함께 피어날 우리를 위한 달에
김제동

1

봄 그리고 밥

한숙만 떠봐요

날씨가 들쑥날쑥합니다.
살뜰히 안부 묻습니다.
잘 지내시지요?

오늘 저는 두부 짜글이를 해 먹었습니다.
부침용 두부를 들기름에 살짝 구웠는데 그만 부서졌습니다.
분명히 유튜브에서는 안 부서진다고 했는데….

남들은 되는데 나는 안 되는 게 있는 것 같습니다.
딱히 잘못한 게 없는 것 같은데도 뭔가 잘 안 됩니다.
마치 인생 같습니다.

하지만 완전히 실패한 것은 아닙니다.

의도하지 않았지만 마파두부 느낌이 나거든요.

가끔은 나는 되는데 남들은 안 되는 것도 있는 것 같습니다.
마치 인생 같습니다.

진간장에 고춧가루, 올리고당, 마늘(칼 손잡이로 으깼습니다. 멋있게 보이고 싶어서. 역시 망했습니다.), 파, 양파(냉동실에 썰어 놓은 것을 꺼내 쓰니 편하긴 한데, 서로 엉겨 붙어서 잘 떨어지지 않습니다.)로 양념장을 만들어 부었습니다. 물을 조금 넣고 졸아들 때까지 강불, 중불로 지졌습니다.

제가 좋아하는 두부 짜글이입니다.

그런데 맛이… 없습니다.

마치 인생 같습니다. (웃음)

큰 실수를 한 건 없는 것 같은데 뭔가 모자랍니다.
속상합니다.
어디서부터 무엇이 잘못된 걸까요?

그래서 밥 위에 짜글이를 얹고, 조미김과 참기름과 깨소금을 더한 후에 비볐습니다. 맛있습니다.

마치 인생 같습니다.

새롭게 시작된 한 해도 우리 이렇게 스스로에게 밥 잘 챙겨 먹입시다.

> 자기를 잘 뒷바라지 하는 일을 멈추면
> 일상이 무너지게 되니까
> 조금은 귀찮기도 하지만 스스로에게 밥 잘 해 먹이고,
> 자기를 극진히 돌보는 일,
> 스스로를 살뜰하게 살피는 일을 잘 할 수 있으면 좋겠습니다.
> 저는 이것이야말로 살면서 가장 중요한 일이라고 생각합니다.

앞으로는 우리 모두 좀 더 이기적이면 좋겠습니다.

지금까지 이기적이라는 말은 늘 나쁜 의미로만 알고 있었는데, 다시 생각해 보니 나를 아끼기 위해 좀 더 이기적으로 구는 것은 꼭 나쁜 일만은 아닌 것 같습니다.

스스로를 소중하게 아끼는 사람이야말로 다른 존재도 마음껏 아껴 줄 힘이 있을 테니까요.

그때까지 건강하게 나를 먹이고 만나는 일을 계속해야겠습니다.

어차피 살면서 언젠가는 해야 할 일, 지금 하죠, 뭐.

나를 만나는 일

나를 잘 먹이는 일
나를 북돋는 일

"괜찮아, 한술만 떠봐."
"그렇지, 잘했어. 옳지."
"한 술만 더 먹어 보자."
　구부정한 모습으로 상을 들고 방으로 들어오며 이렇게 말해 주는 한 사람, 그런 한 사람이 떠오른다면 우리는 또 살 수 있습니다.
　그런 한 사람만 곁에 있다면….

언젠가 아플 때 혼잣말로
드라마에서처럼,
아니면 영화에서처럼,
저렇게 나에게 밥을 떠먹인 일이 있습니다.
내가 나에게 그래 준다면,
그렇게 말해 줄 수 있다면 사람은 삽니다.
저는 그렇게 믿습니다.

"한술만 떠봐요."
제가 뽑은 '올해의 말'입니다.

저도 이제 저녁밥 먹었으니 함께 사는 탄이와 산책하러 가야겠
습니다.

마음속 하늘에 별이 많아,
마음이 꽃밭 같은 밤이면 좋겠습니다.
그리고 밥도 잘 챙겨 드세요!

나의 베이스캠프, 나

　노래하는 윤도현 형이 5년 전쯤에 제게 밥솥을 하나 선물해 줬습니다. 제가 하루 중 가장 많은 대화를 하는 상대가 바로 이 밥솥입니다.

"보온을 시작합니다."
"맛있는 밥이 완성되었습니다."

다정한 안내와
때로는 "손잡이를 잠금 위치로 돌려주십시오"라는
새침한 주의까지.
어느 것 하나 버릴 것 없는 소중한 친구입니다.

이 친구가 저희 집에 온 이후로 저는 즉석밥을 거의 먹지 않습니다. 가끔 귀찮아 손이 덜 가는 즉석밥을 먹을까 고민할 때도 있지만, 이제는 이 친구의 눈치가 보여 오늘도 어김없이 밥솥에 밥을 짓습니다.

잘 아는 스님께서 농사지어 보내 주신 현미와 마트에서 산 백미를 일정하게 섞은 후 벌레가 생기지 않도록 나누어서 냉장고에 넣어 두었습니다. 거기서 쌀을 두 컵 정도 꺼내 내솥에 담고, 물을 조금 붓고 쌀을 씻습니다.

쌀뜨물은 찌개를 끓일 때나 설거지할 때를 대비해서 따로 받아 놓습니다. 밥솥에 내솥을 넣고 뚜껑을 닫습니다. 현미밥을 맛있게 짓기 위해서는 쌀을 물에 불려야 한다고 해서 5시간이 지난 후에 밥이 되도록 예약 버튼을 눌러 둡니다. 그렇게 밥을 안치고 나면, 저는 왠지 모르게 마음이 편안해지고 마치 큰일을 해낸 듯한 기분이 듭니다.

여러분, 베이스캠프 아시죠?

에베레스트 정도 되는 산은 하루 만에 오를 수 없기 때문에

베이스캠프를 마련해서 보급품과 장비들을 비축해 둡니다.

그러니 산을 오르는 분들은 얼마나 든든하겠어요.

물론 제가 아직 에베레스트를 등반해 보지 않아서 베이스캠프가 주는 안온함이 무엇인지 잘 알지 못하지만, 누구에게나 처음 사는 인생길은 에베레스트 못지않은 험한 길일 겁니다. 저도 예외 없고요.

일상이 험준한 산을 오르는 것 같은 일들의 연속이거나, 그렇지 않은 날들이 이어져도 감정의 변화와 관계없이 저는 꾸준히 밥을 합니다. 그러면서 깊은 무의식 속에서 내가 나를 먹인다는 것은 어떤 걸까 곰곰이 생각합니다. 내가 나를 먹이는 일을 직접 한다는 것의 의미를 헤아리며 가끔씩 찾아오는 깊은 자기혐오 같은 것을 녹여 냅니다.

'밥 먹을 자격도 없는 놈!'
이 말이 가장 심한 욕 중 하나인 건
인간의 마음 가장 깊은 곳을 건드리기 때문일 겁니다.

언제부터인지 저도 모르게 저를 그런 취급했던 적이 있습니다. 습관적으로 오래도록 스스로를 괴롭혔습니다. 지금 생각하면 밥솥에 밥을 하는 것으로 저는 저에게 사과를 해온 듯합니다. 쑥스러워서 말은 못 하고, 묵묵히 밥을 해 먹인 듯합니다.

"잘 섞어서 먹어!"

이렇게 말하는 밥솥의 기계음이 저 자신을 향한 다정한 당부의 말을 에둘러 해주는 듯합니다.

한 그릇 가득히 밥을 담습니다. 고추장과 참기름과 김치와 조미 김을 살짝 곁들입니다. 어머니와 누나들이 보내 준 물김치를 꺼냅 니다. 정말 맛있습니다. 혼자 먹는 밥이 서글플 때도 있지만, 다시 생각해 보면 내 손으로 나를 먹이는 일만큼 더 큰 행복과 위로도 없지 않을까 싶습니다.

어머니의 뱃속이라는 편안한 집을 벗어나서,

삶이라는 캠핑을 시작한 이후,

저는 가장 가까운 동반자이자 안내자인 제 자신과 사이가 좋지 못했습니다.

늘 길을 잘못 잡았다고 타박해 왔고,

기분 날씨가 조금만 좋지 못해도 스스로 멱살을 잡았습니다.

심지어 밥 먹을 때도 눈치를 준 적이 많았던 것 같습니다.

서러웠을 겁니다.

누구도 그런 취급을 받아서는 안 되는데, 하물며 내가 나에게 그랬으니···.

그랬던 제가 이제 저를 위해 꼬박꼬박 밥을 합니다. 양심이 있으 니 몇 마디 사과의 말로 풀어질 일이 아니라는 걸 아는 모양입니다. 웬만하면 거르지 않고 찌개도 끓이고 밥도 해 먹입니다.

　언제 끝날지 모르는 인생 캠핑이지만, 끝날 때까지 거르지 않고 저에게 계속 밥을 해 먹일 생각입니다.

　이제 '나'와 '또 다른 나'는 에베레스트 등반길의 좋은 셰르파처럼 꽤 괜찮은 동반자입니다. 앞으로의 인생 캠핑이 조금은 덜 두려운 이유 중 하나입니다.

　살다 보면 또 힘들고 불안한 날이 있겠지만, 그래도 그리 걱정되지 않는 까닭은 돌아갈 베이스캠프가 있기 때문일 것입니다.

　모든 '나'의 베이스캠프는 '나' 입니다.
　이 베이스캠프를 잘 돌보고 가꾸고 먹입시다.
　그래야 인생 캠핑도 즐겁게 할 수 있으니까요.
　모든 '나' 들의 캠핑을 깊이 응원합니다.

봄과 밥

어린 시절 한겨울을 생각해 보면 잠들기 전에 왜 그렇게 배가 고팠는지 모릅니다.

그 당시 조그마한 자취방 한 칸에 누나 셋과 저, 네 명이 살았습니다. 누나 다섯 명 중에서 첫째, 둘째 누나는 이미 결혼을 했거든요.

자려고 누운 시간에 꼬르륵 소리가 들립니다. 그럼 누나들 중 한명이 슬그머니 일어납니다.

플라스틱 큰 바가지에 그날 집에 남아 있던 먹을 것들이 총출동합니다. 콩나물, 두부, 찬밥, 고추장, 참기름, 무생채, 신김치가 모두 하나가 됩니다. 재료는 제각각이지만, 한곳에 모아 두니 제법 먹음직스럽게 보입니다.

숟가락 네 개가 꽂힌 플라스틱 바가지가 가운데에 자리를 잡습니다. 동치미 한 그릇도 큰 사발에 담겨 있습니다. 함께 밥을 먹습니다. 물김치가 담긴 큰 사발은 손에서 손으로 옮겨지면서 바닥에 닿을 새가 없습니다. 제 인생에서 가장 맛있고 그리운 야식입니다.

통닭도 귀하던 시절이었지만, 저는 통닭보다 그때의 비빔밥을 주저 없이 최고의 야식으로 꼽습니다.

그러나 만약 당시에 인스타그램이나 페이스북, 틱톡 같은 SNS가 있었다고 해도 아마 사진은 못 찍었을 겁니다. 바가지 하나에 담아 나눠 먹는 밥에서 잠시라도 눈을 떼고 숟가락을 손에서 놓는 건 엄청난 손해를 감수해야 하기 때문이죠. 잠깐 한눈파는 사이 맛있는 밥 몇 숟가락이 순식간에 사라질 테니까요.

저와 나이 차이가 나던 누나들은 일찍이 공장에 나가 일을 했던 까닭에, 저보다 적어도 1시간은 먼저 일어나 출근 준비를 하고 제 도시락까지 챙겨 주곤 했습니다.

누나들은 석유풍로 위에 프라이팬을 얹고 자주 감자를 볶았습니다. 그리고 남은 기름에 김치를 볶아서 제 도시락을 싸 주곤 했습니다. 된장국을 끓여서 보온 도시락 통에 담고, 김이 모락모락 나는 뜨거운 밥도 담아서 제 머리맡에 놓고 일을 나갔습니다. 그런 도시락을 들고 버스에 타면 때때로 김칫국물이 샐 때가 있었습니다.

어렸을 때라 부끄럽기도 했습니다.

　하지만 그런 마음도 잠시, 점심시간에 먹는 볶음김치와 범벅이
된 감자볶음은 글을 쓰는 지금도 침이 넘어갈 만큼 맛있었습니다.
요즈음도 고향집이 있는 대구에 내려가면, 식당을 하는 셋째 누나
는 제가 제일 좋아하는 김치볶음과 감자볶음을 해줍니다. 거기에
된장 시래깃국을 추가해서요.
　자연스럽게 넷째 누나는 어묵을 볶고, 다섯째 누나는 밥을 담습
니다. 제가 하겠다고 해도 말립니다.

언젠가 기회가 되면 꼭 우리 누나들에게
제가 만든 김치볶음과 따순 밥을 차려 주고 싶습니다.

　그런데 누나들은 아마 안 먹을 겁니다. 여러 가지 이유가 짐작되
시죠? (웃음)
　전 맛있는데, 누나들은 제가 만든 음식이 미덥지 못한 모양입
니다.

한집에 같이 살며 밥을 함께 먹는 사람들을
식구食口라고 합니다.
그 정은 쉽게 못 뗍니다.

멋쩍어서 누나들에게 직접 표현해 본 적은 없지만,

바가지에 담긴 그 밥 먹으며

어린 저는 자라고 자라서 어른이 되었습니다.

돌아보면 저와 비슷한 경험이 있는 분들 많을 겁니다. 여러분도 마음이든 몸이든 배고픔을 견뎌야 하고 고통을 참아야 하는 힘겨운 시간이 있으셨을 겁니다. 가끔 그런 시간들을 버티는 힘이 어디서 나올까 생각해 봅니다.

제게는 누나들이 만들어 준, 바가지에 담긴 그 밥이 힘이 되었습니다.

아직 어린 누나들이 졸린 눈을 비비고 일어나

출근 전에 더 어린 동생의 머리맡에 놓아 둔 보온 도시락통 덕분이었습니다.

이제 저도 누군가를 먹이고 북돋아 주어야 할 나이가 되었습니다. 철이 조금 들고 보니 세상에 배고픈 아이들은 없었으면 좋겠다는 생각을 하게 되었습니다.

우리집 강아지 탄이도 배고프지 않았으면 좋겠습니다.

아이들 밥 먹는 모습과 탄이가 밥 먹는 소리가 늘 어우러진 세상이면 좋겠습니다.

아이들 밥 먹이는 어른이 되는 것이 앞으로의 제 꿈입니다.

언젠가 들은 얘기입니다.
6·25전쟁 때, 배고픈 아이들을 위해
밥을 지어 준 신부님과 수녀님들이 계셨습니다.
너무 배가 고팠던 아이들은
저녁에 체할 만큼 급하게 밥을 많이 먹었습니다.
신부님과 수녀님들이 내일 아침에
또 밥을 해주겠다고 해도,
아이들은 불안과 허기로 인해
그 말을 믿지 못했습니다.
그래서 이분들이 다음 날부터는
아이들이 밥을 먹는 동안 볼 수 있는 곳에서
가마솥을 열고 밥과 국을 끓였다고 합니다.
그제야 아이들이 천천히,
딱 배부를 만큼만 먹었다고 합니다.

이 이야기를 들으면서 슬펐고, 또 아이들을 먹인 이름 모를 신부님과 수녀님들의 배려와 마음 씀씀이가 고마웠습니다.

어린 저를 살뜰히 챙겨 먹였던 우리 누나들과 엄마가 해주던 밥의 은혜로 자란 저도 이제는 누군가를 먹이는 사람이 되면 좋겠습니다. 또 몸이든 마음이든 허기가 있는 사람들에게 이 글이 넉넉하고 푸짐하게 닿았으면 좋겠습니다.

우리 아무리 다른 생각을 가지고 산다고 해도 서로 밥은 먹고 먹입시다. 정치도 이념도 그것 때문에 생긴 거니까 밥은 먹고 싸웁시다. 특히 이 글을 읽는 당신, 부디 몸도 마음도 배고프지 않으시길 기도합니다.

봄과 밥, 모두 여러분의 것이길….

이중인격

제가 좋아하는 드라마 중에 이런 대사가 있습니다.
"사람이 어떻게 한 겹이야? 삼겹살도 세 겹인데."

인간의 마음은 수시로 바뀝니다. 제 마음도 그렇습니다. 하다못
해 돼지고기 삼겹살도 세 겹인데, 인간의 마음이 어떻게 한 겹이겠
어요. 천 겹, 만 겹일 수 있다고 생각해요. 그래서 저는 인간이 이
중적, 다중적, 천중적, 만중적이어도 괜찮다고 생각합니다.
　그런데 우리는 마음이 한결같지 않다고 고민합니다.

　제가 다른 데에서도 언급한 적이 있는데, 수해 복구를 하러 갔
을 때 일입니다. 20대 초반의 한 학생이 저에게 와서 고민을 털어

났습니다.

"아저씨, 전 좀 이중적인 것 같아요."

제가 물었습니다.

"왜?"

"어제 클럽에서 친구들이랑 밤새도록 놀았어요. 근데 오늘 아무일 없다는 듯이 수해 복구를 하러 온 저를 보니, 제가 좀 이중적인 것처럼 느껴져요."

만약 여러분이 이 학생에게 이런 말을 들었다면 어떤 이야기를 해주고 싶으세요? 저는 이 학생의 말을 들으면서 비슷한 고민으로 제가 힘들어할 때 친한 누나가 해준 말이 떠올랐습니다.

"괜찮아. 사람 마음이 어떻게 한 겹이야?

수만 겹, 수십만 겹이야.

어떤 마음이 들어도 다 니 마음이야. 잘 봐줘."

숨이 훅 쉬어지는 순간이었습니다.

고민하는 학생에게 제가 들었던 말을 해주고 싶었어요.

그때 마침 저희와 함께 흙을 퍼내고 계시던 이재민 한 분이 웃으시며 이 학생에게 이렇게 말해 주었습니다.

"밤새 클럽에서 놀기만 하는 것도 비난받을 일은 아니지만,

밤새 노느라 피곤할 텐데도 여기 와줘서 고맙다야."

딱 제가 해주고 싶은 말이었습니다. 다른 이의 마음을 알아주는 사람만이 할 수 있는 대답이겠지요. 덕분에 거기에 모인 사람들이 모두 환하게 미소 지으며 흙을 퍼 나를 수 있었습니다.

그런데 여전히 좀 긴가민가 하는 표정을 짓는 학생에게 제가 물어봤어요.

"만약 저기 저 아이가 새벽 4시 반까지 술을 마시고 아침 8시에 여기 와서 지금 땀 흘리면서 수해 복구를 돕고 있는 거라면 너는 저 아이를 보면서 어떤 생각이 들겠니?"

"되게 부지런한 아이구나, 싶은데요."

"맞아. 너도 마찬가지야.
따뜻하고 부지런하고 체력 좋은 사람이야.
따지고 보면 우린 다 이중적이야.
아니, 삼중적, 사중적, 다중적일 때도 있어.
근데 난 그게 나쁘다고 생각 안 해."

여러분은 어떤 생각이 드세요?
스무 살 넘어서 클럽에서 술 먹고 놀았다고 해서 그게 비난받거나 자책해야 할 일일까요? 클럽 갔다 와서 피곤하면 '아, 내가 노느라 이렇게 피곤해도 될까?' 이렇게 생각해야 할까요?

아니요. 환경 운동을 해도 피곤할 수 있고, 클럽에 가서 놀아도 피곤할 수 있습니다. 몸이 피곤한 거는 같아요. 그럴 때 저는 자기의 마음을 알아주는 일이 중요하다고 생각합니다.

살면서 우리 마음이 얼마나 자주 바뀌는지 잘 살펴보기로 해요. 오죽하면 열 길 물속은 알아도 한 길 사람 속은 모른다는 말도 있잖아요. 그게 인간이 음흉하다는 뜻일까요? 저는 그렇게 생각하지 않아요.

만약 여러분이 누군가에게
"너는 이중적이다." 이런 말을 들었다면
반성하셔야 합니다.
인생을 너무 단순하게 살고 있는 거예요.
지금부터라도 다중적이어야 합니다. (웃음)
아침에 이랬다가 저녁에 저랬다가
일어날 때는 이랬다가 잘 때는 또 저랬다가
바뀔 수도 있다고 생각합니다.

다른 사람에 대해서도 마찬가지예요. 상대에게 "너는 이런 사람

이야" "당신은 저런 사람이야"라고 판단하고 이름 붙였던 마음도 언제든 바꿀 수 있다고 생각해요. 또 한 사람을 보고 만 가지 생각이 들어도 전 괜찮다고 생각해요.

"시시각각 변하는 게 내 마음이고 상대방 마음이다."
이렇게 알고 나면 그렇게 변하게 된 이유를
물어볼 수는 있다고 생각해요.
모든 마음에는 다 이유가 있을 테니까요.

안심하셔도 좋습니다

얼마 전에 병원에 갔어요. 가슴이 조이는 것처럼 답답해서.

의사 선생님이 역류성 식도염과 함께, 겨울에 햇볕을 충분히 못 쬐서 약간의 우울감이 있어 보인대요.

처방전 가지고 약국에 갔더니 약사 선생님이 그래요.

"아프지 마세요!"

왠지 그 말 들으니 벌써 낫는 기분이었어요.

약봉지 받아들고 가다가 떡볶이 사서 약사 선생님에게 갖다드렸어요. (웃음)

여러분, 아프지 마세요.

그래도 아프면 주변에 말하세요.

"나 좀 아파"

이렇게 말해도 괜찮아요.

저는 우리가 힘들 때 약한 감정을 드러내는 일이 정말 중요하다고 생각해요. 내 울음소리가 누군가에게 전달되지 않는다고 생각하는 게 고립이죠. 아무도 알아주지 않기 때문에 혼자라는 생각이 드는 거잖아요.

누구에게 해결해 달라는 게 아니잖아요.
그냥 내 마음이 그렇다고 표현하는 거죠.
누구 하나는 모퉁이에서
내 울음소리 들어줬으면 하는 그런 날도 있으니까요.

사람들은 SNS에 어디 놀러 간 사진을 많이 올리잖아요.
좋은 일이에요. 사진만 보고 힐링할 수도 있으니까요.
하지만 저는 사람들이 그런 사진을 보고 진짜 위로를 얻긴 힘들다고 생각해요.
"나 지금 힘들어!" "나 외로워!" "지금 나 아파!"
오히려 누군가 용기 내어 이렇게 말할 때 위로받지 않나요?
나보다 못난 사람, 힘든 사람에게 위로를 받자는 게 아니에요.

'너도 그렇구나, 나만 그런 게 아니구나!'

저는 이런 느낌만 받아도 사는 게 좀 편해지더라고요.

우리 주변에서 누군가 울고 있다면
앞으로 함께 울어 주는 사람이 많았으면 좋겠어요.
자식 잃은 부모 옆에서,
부모 잃은 아이들 옆에서,
짝을 잃어 혼자가 된 사람 옆에서….

공감이 다른 게 아니라 다른 사람 마음속에 일어나는 일을 상상하는 능력이잖아요. 또 울 때만이 아니라 옆에서 같이 웃어 주는 사람이 있어야 웃을 맛이 나잖아요. 저는 그게 사람을 무인도에 안 떨어뜨려 놓는 방법이라고 생각해요.

사람은 누구도 도움만 주거나 동정만 받고 살지 않잖아요. 살다 보면 내가 도움을 받을 때가 있고, 도움을 줄 때가 있잖아요. 누군가에게 받았던 도움을 잊지 않고 되돌려 줄 때 '나도 누군가에게 도움을 주는 존재'라는 생각이 들어 자긍심이 생기는 것 같아요. 특히 저는 누군가를 웃기거나 누군가를 돕는다는 생각 없이 뭔가를 했을 때 기쁘고, 제 안의 불안도 해소되는 경험을 할 때가 있거든요.

한 번쯤 삶의 중심을 잃지 않고 사는 사람 없을 겁니다. 내 의지와도 관계없이 계속 흔들릴 때 있습니다.

'요즘 내 마음이 왜 이렇지?'

가끔 이렇게 걱정될 때 있겠지만 안심하셔도 좋습니다. 우리 마음이 계속 이렇게 저렇게 자기 자리를 찾아나가는 과정이니까요.

여러분, 나침반 본 적 있으시죠?

나침반은 계속 흔들립니다. 계속 흔들리면서 방향을 찾습니다.

만약 이 나침반 바늘이 떨리지 않으면 더이상 나침반이 아닌 거죠.

그러고 보면 흔들리는 건 끊임없이

어떤 방향을 가리키려고

나름대로 노력하고 있는 거니까,

저도, 여러분도 좀 흔들려도 된다고 생각합니다.

저는 그렇게 생각합니다.

"너로 살아도 괜찮아!"

고개만 들면 온 세상이 다 나를 짓누르는 것 같은 순간
마흔아홉 고개를 넘어가고 있는 지금도
저는 가끔 그럴 때 있습니다.
언제쯤 무심해질 수 있을까요?
이 고개를 넘으면 좀 더 무뎌질까요?

"뭐 그리 걱정이 많아. 눈치 좀 그만 보고 살아.
너무 주눅들어 있는 것 같아서
보는 내 마음이 다 속상하고 안타까워.
나랑 있을 때만이라도 너 맘 가는 대로 해.
그래도 괜찮아."

별 할 말도 없이 웃으며 전화를 드렸더니,

아버지 같은 분이 툭 던지신 말입니다.

마음이 후드득 떨어지면서 참 고마웠습니다.

싱글싱글 웃으며 딴소리했지만, 전화를 끊고 한참이나

화장실 거울 앞에 서서 저에게 그 이야기 다시 들려줬습니다.

세상에 이런 말 필요한 사람, 얼마나 많을까요?

괜찮다. 괜찮다. 괜찮다.
너로 살아도 괜찮다!

제가 받은 이 말, 여러분 앞에 살짝 놓아둡니다.

좋은 밤이기를. 좋은 밤이기를. 좋은 밤이기를.

복수초 필 무렵

이른 봄 산에 갔다가 아직 남아 있는 눈 속에서
노란색 꽃잎을 활짝 펼치고 있는 꽃을 보았습니다.
꽃 전문가에게 물어보니 이름이 복수초래요.

복수초.

처음 이름을 들었을 때 가장 먼저 떠오른 생각은
'꽃인데, 설마 복수를 하겠다는 건가?' 싶었어요.
이름이 하도 의아해 나중에 찾아보니
복 복福 자에 목숨 수壽 자를 쓰더라고요.
복을 많이 받고 오래 살라는 의미죠.

실제로 복과 장수를 기원하는 뜻에서
새해에 이 꽃을 선물하는 나라도 있대요.
우리말로는 '눈색이꽃', '얼음새꽃'이라 부르기도 하고,
강원도 횡성에서는 '눈꽃송이'라고 불린다고 해요.
진짜 예쁜 이름이죠?

이 꽃은 이른 봄철 눈이 녹기 전 2월 무렵
곡괭이도 들어가지 않는 언 땅을 뚫고 나온대요.
어린 싹이 제 몸의 열기로 눈을 녹이고
꽃을 피우는 거지요.
멋있어요!

복수초는 이른 아침에는 꽃잎을 닫고 있다가
햇빛을 받아야 꽃잎이 열리는 꽃이래요.
오후가 되면 꽃잎을 다시 닫아버리고요.
온도의 변화를 감지하면서 꽃잎을 여닫는 거지요.
흐린 날이나 비 오는 날에도 마찬가지고요.
이런 복수초와 친해지지 않으면
매번 꽃을 보러 갔다가도 허탕을 치기 쉬워요.

밤에는 광합성을 하지 않기 때문에 잎의 표면적을 최대한 좁혀

에너지 발산을 줄이려고 그렇게 한다고 해요.
이런 복수초의 습성은 누구에게 배운 게 아닐 거예요.
그저 자기의 속도대로, 결대로
오랜 시간을 보내며 터득한 자신만의 생존법이겠죠.

저는, 우리도 우리의 속도와 결대로 살아가다 보면
누구에게 배우지 않고도 터득한 자신만의 비법 하나쯤은
가질 수 있는 사람들이라고 믿어요.
우리가 복수초를 보며 감동하고 대견해하듯,
복수초도 아마 세상을 당당한 자태로 살아가는 우리를 보며
감동하고 기뻐할 거라고 저는 믿어요.

오늘도 나만의 방식과 속도로
살아오느라 애쓰신 여러분에게
깊이 고개 숙입니다.
"잘 견뎌내셨습니다!"
"애쓰셨어요!"

꽃들에게, 당신에게

"너로 충분하다."

"오롯이 너의 결대로 살아도 괜찮다."

듣기만 해도 마음이 편해지는 말들입니다.

사람을 살리고 기운을 북돋우는 말들이지요.

누군가는 이렇게 말하기도 합니다.

"분발해야 한다. 이래서 어디 성공하겠냐."

"부족함을 깨닫고 치열하게 살아야 한다."

이렇게 조언을 가장한 협박과 강요를 합니다.

한때 어느 쪽 말이 맞는지 좀 헷갈렸습니다.

어느 날은 이 두 말이 다 제 마음속에서 들려와

시소를 타듯이 올라갔다 내려갔다 했어요.

지금의 저는 주저 없이 저를 아끼고 북돋우고 살리는 쪽으로 온 힘을 싣고 있습니다.

기계적 중립 따위는 귓등으로 흘려버리고 제 마음의 중심추를 온통 저를 아끼고 보호하는 쪽으로 옮깁니다. 그래서 살 수 있는 걸 겁니다.

저는 그렇습니다.

이른 봄에 피는 홍매화를 물끄러미 바라봤습니다.

누군가 이 꽃 앞에서 이런 이야기를 한다면 어떨까요?

"너는 색깔이 좀 특이하네. 희게 피지 그러니. 노력해 봐."

개나리가 무리 지어 폭포처럼 쏟아져 내리는 담벼락 앞에서

누군가가 이렇게 이야기하고 있다면 어떨까요?

"그렇게 몰려다니지 마라. 독립심도 없이.

소나무처럼 우뚝 홀로 서 있어야지.

요즘 개나리들은 저래서 안 돼."

누군가 선홍빛 진달래에게 다가가서 다정한 척
이렇게 이야기하고 있다면 어떨까요?
"너 생각해서 하는 말인데, 너무 진한 색으로 살면 안 돼.
연달래 좀 봐. 얼마나 좋니?

너도 내년에는 색을 좀 빼 봐. "

저는 충고하고 몰아붙이는 마음과 '너의 결대로 살아도 괜찮다'
라는 마음이 충돌할 때마다 기억하려고 노력합니다. 남들은 모르
고, 또 알 필요도 없지만, 모든 꽃은 저마다의 이유를 가진다는 것
을. 누구도 알지 못하고 알고자 하지 않는 땅 밑의 뿌리처럼, 드러
내고 싶지 않은 비밀과 수치스러운 기억들도 있을 겁니다.

꽃은 그 자체의 모습으로 꽃이 내린 최선의 결정입니다.

누구도, 어떤 다른 꽃들도 감히 그 꽃에게
"너는 더 열심히 피어야 가치 있다."
"더 많은 꽃잎을 달아야 하지 않겠느냐."
이렇게 채찍질하듯 몰아붙일 자격은 없다고 생각합니다.
조금 먼저 핀 꽃이라고 아직 피지 않은 꽃들을 무시하거나,
자기가 화려하고 크게 피었다고
아직 꽃봉오리를 간직한 꽃들에게
너희도 이렇게 피어야 한다고 강요하는 것도
옳지 않다고 생각합니다.
더 부지런하게 피라고 말해서도 안 되고요.

아직 피지 않은 꽃이라고 해서

'나만 꽃이 아닌가?' 하고 걱정할 필요도 없습니다.

우리는 모두 꽃입니다.

제마다의 속도로 세상에 나오고,

제마다의 색으로 최종 결정권을 가지고,

제마다의 시기로 살다가 땅으로 돌아갑니다.

그러니 모든 꽃의 속도와 색깔과 시기는 옳습니다.

저는 그렇게 믿습니다.

이런 한없는 믿음과 지지를 스스로에게 쏟아부어 줄 때

우리는 모두 꽃으로 핀다고 저는 믿습니다.

지난해 봄에는 제가 나고 자란 영천 옆 동네 경주에서

김제동과어깨동무(도움이 필요한 사람들에게 어깨를 내어 주는 단체) 회원들 그리고 자원봉사자들과 함께,

철쭉이 흐드러지게 피고 하늘에서 꽃비가 흩날리는

경주 감은사지에서 역사 기행을 함께했습니다.

걸어가는 사람들의 뒷모습을 보며 문득 두 손 모아 마음으로 절 했습니다.

각자의 색깔로, 속도로, 오롯이 자기 인생을 꽃피워 온 그들에게는 충고와 날선 말들이 아니라, 절이라도 받아야 할 모두의 애씀이 있었다는 생각이 들어서였습니다.

환하게 웃는 팔순의 노모께서 딸에게 행복하다고 하시는 말씀을 들으며 문득 꽃들에게 언어가 있다면 저렇겠구나 싶었습니다.

제가 좋아하는 김광석 형님이 예전에 콘서트에서 이런 말을 했습니다.
딸이 태어난 날 길거리에 나가 사람들 뒷모습에 대고 문득 절했다고. 다들 이렇게 누군가에게 기쁨으로 온 사람들이겠다고.
길 가는 사람 모두 고마웠다는 그 말도 떠올랐습니다.

모든 꽃의 고유성을 찬양합니다.
당신의 찬란한 개별성을 온 마음으로 응원합니다.

봄입니다.
꽃입니다.
당신입니다.

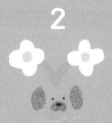

2

이래야 우리 삽니다

초등학생 일기

간만에 외식합니다.
며칠 전 손수 면을 치는 중국집에서 짜장면을 먹다가
"밥 한 공기만 주세요" 했더니
"김치도 같이 줘?" 하시길래
"와 그걸 인자 묻습니까?"라고 씨익 웃으며 인사했습니다.
이게 경상도 식으로 고맙다는 뜻입니다. (웃음)

계산할 때 "공깃밥 값 받으세요"라고 말씀을 드렸더니
단호하게 "안 받아" 하십니다.
받으시라고, 요즘 같을 때 받으셔야죠, 했더니
다시 무뚝뚝한 표정으로 "안 받아" 하십니다.

어쩔 수 없이 꾸벅 인사하고 가게 문을 나섭니다.

마음이 따뜻해집니다.

돌아오는 길, 모두부 한 모랑 김치만두 사러 들른, 바닷물로 간수를 만든다는 두부가게에서 혹시 싶어 "대파는 없죠?"라고 여쭤봅니다.

아침에 어떤 할아버지가 대파를 팔러 오셨길래

너무 많이 사셨다며,

안 그래도 손님들한테 그냥 좀 드리려고 했다며,

거짓말이어도 좋고 참말이어도 좋은

고운 말과 눈길로

대파 대여섯 대를 함께 넣어 주셨습니다.

잘 지내라고, 살뜰하게 쳐다보며

다짐받는 듯한 눈길도 함께.

이번 봄은

'이 마음 덕분에 충분히 따뜻하게 나겠구나!'

'나도 이런 사람이면 좋겠다!'

하고 생각했습니다.

다 쓰고 보니 초등학생 일기 같습니다.

그래도 참 좋았습니다.

대파, 양파를 썰어 냉동실에 넣었습니다.

날씨가 차지만, 혹시나 해서 대파 한 대는 뿌리를 잘라 심었습니다. 전에도 몇 번 대파를 사면 뿌리를 잘라서 심었는데, 생각보다 가늘게 올라와서 이번에는 좀 짧게 잘라 보았습니다. 그래도 라면이나 찌개를 끓일 때 혼자 먹는 양으로는 큰 부족함이 없었으니 두 번이나 생명을 내어 준 대파에게 고맙습니다.

최근엔 계절을 타는지 마음이 조금 불안하고, 화도 많아진 듯했는데, 양파와 대파를 썰면서 조금 가라앉는 듯합니다. (웃음)

그래도 무뎌진 칼날이 파 진액에 미끄러지고 잘 안 썰어질 때면 여전히 욱하고 성질내는 저를 봅니다.

씨익 웃었습니다.

거의 다 쓰고 얼마 안 남으면 늘 새로 썰기 귀찮아서 음식에 조금씩만 넣는데, 당분간은 반찬을 만들 때 파와 양파를 담뿍 넣을 수 있겠습니다. 뿌듯합니다.

조그만 귀퉁이에 심어 놓은 고추는 날이 추운데도 몇 개씩 달려서 칼칼한 찌개를 만들어 먹을 때마다 신기하고 고맙습니다. 오늘도 세 개나 땄습니다. 된장찌개 1인분은 거뜬합니다.

그 힘으로 다음 날은 김제동과어깨동무에서 연탄을 나릅니다.

살면서 누군가에게 따뜻했을 사람들에게, 귀퉁이에 심은 고추만

큼의 은혜라도 갚고 살 수 있어서 참 다행입니다.

아직 날이 찹니다.
문득 선물 받은 수면양말의 감촉만큼,
뽀송 따땃한 밤이 되시기를 빕니다.

살면서 미루지 말아야 할 세 가지

여러분에게는 살면서 절대 미루지 말아야겠다고 결심한 것이 있나요? 요즘 제게는 살면서 미루지 말기로 결심한 세 가지가 있어요.

첫째는 '설거지'예요. 밥 먹고 나면 설거지를 최대한 미루고 싶잖아요. 그런 것들을 미루지 말자는 거죠.

저는 보통 하루에 두 번 정도 집밥을 해 먹어요. 이때 큰 그릇 하나에 밥하고 장아찌, 김, 찌개를 담아 싱크대 옆에 서서 먹고 바로 설거지합니다. 식사와 설거지가 거의 한 세트예요. 잠시도 틈을 주면 안 됩니다. (웃음) 잠깐의 갈등 때문에 미루면 나중에 훨씬 더 큰 대가를 치러야 하잖아요.

처음엔 그릇 하나였는데, 어느 순간 그릇이 쌓이면 보는 것만으로도 피곤하고, 그야말로 '설거지 전쟁'을 치러야 합니다. 그래서 설거지를 하고 개운한 마음으로 쉬자는 거죠.

쌓아 두지 말 것!
바로 할 것!
나중의 나를 위해 먹고 바로 치울 것!

둘째는 '대파 제때 자르기'예요. 제가 대파를 키워 보니까 뿌리에서 어느 정도 길이로 잘라서 심느냐에 따라 새로 올라오는 줄기의 굵기가 달라져요. 밑동을 조금 짧게 잘라서 심어야 굵게 올라오더라고요. 그리고 잔뿌리 같은 것들을 좀 더 짧게 정리한 다음에 심어야 파가 온전하게 자란다는 얘기가 있어요.

파는 다년생 식물이라 온도만 잘 유지하면 계속 키워서 드실 수 있습니다. 그래서 파를 제때 딱, 알맞게 잘라서 심으면 요리할 때 두고두고 요긴하게 쓸 수 있어요.

저는 요즘 이런 것들, 그러니까 파의 굵기 같은 것들이 포기가 잘 안 돼요. (웃음)

셋째는 '사랑 고백'하기예요. 고백도 마찬가지죠. 좋아하는 사람이 있더라도 상처받을까 두려워 최대한 미루잖아요. 하지만 이제 저는 고백도 빨리 해버리려고요.

"나 당신 좋아해."

이렇게 고백하고 만약 상대방이 "나는 아닌데"라고 말하면 가볍게 물러나는 거죠. (웃음)

요즘 제가 가장 중점을 두고 있는 게 바로 이 세 가지 입니다.

올해 제 나이가 마흔아홉 살, 산에 갔다가 돌부리에 걸려 어이없이 넘어지고 음식 먹다가 조금씩 흘리는 일이 잦아졌어요. (웃음) 이게 다 나이 드는 증거일 텐데, 새해 바람은 그럴 때 느끼는 슬픔에 대해 말하면 들어줄 한 사람이 있으면 좋겠다는 거예요.

길고양이 가족이 떠나고 '임시보호' 하게 된 '탄이'와 함께 살면서 속수무책으로 내 마음을 쏟아내게 만드는 그 한 생명이 누구도 아닌 저에게 온 이유에 대해서 생각할 때가 있습니다.

그러면서 자연스럽게 누군가와 함께 사는 것을 상상하게 되었어요. 그게 연애든, 어떤 관계든지 간에 그게 있어야 사람이 사는 것 같아요. 진짜 기분 나쁜 일 있었을 때 툭 터놓고 얘기할 수 있는 한 사람과 큰 얘기 말고 아주 자잘한 얘기를 나눌 수 있는 관계요.

사실 우리 너무 거창한 얘기를 하다가 진짜 중요한 이야기를 놓

치고 사는 경우가 굉장히 많잖아요. 저부터요. 그래서 소소한 얘기
도 좀 해보고 싶은 거죠. 사실 이런 게 진짜잖아요! (웃음)

"전자레인지에 행주 돌렸더니 너무 좋던데."

"이 신문 칼럼 이상하지 않니? 어떻게 신문에 이런 칼럼을 싣니?"

이런 얘기를 허심탄회하게 나눌 수 있는 한 사람이 있었으면

좋겠다고 생각해요.

'설거지와 고백은 미루지 말자!'

'파도 제때 잘라서 심자.'

이게 요즘 제가 하는 생각입니다.

미루면 예상치 못한 대가를 치릅니다. (웃음)

올해는 꼭 도전해 볼 거예요.

괜찮은 것 같으면 여러분도 한번 해보세요.

마음은 그런데, 어찌될지는 잘 모르겠어요.

근데 어떤 분이 제 말 듣고 고백해서 성공했다고

저한테 고맙다고 인사하시더라고요.

정작 저는 못 했는데….

흑~!!

좌절금지

고양이 가족이 떠나고
새로 온 탄이

저희 집에 밥 먹으러 오던 길고양이 두 마리가 있었는데, 남자애는 북악이, 여자애는 인왕이라고 제 맘대로 이름을 지어 주었습니다. 작업실이 북악산 쪽에 있어서. 사실 고양이를 무서워하지만, 그래도 이름을 붙여 주고 불러 주다 보면 조금 덜 무서울 것 같아서요. (웃음)

빨리 먹고 가라고 밥을 줬더니 이 아이들이 아예 제 작업실 근처에 자리를 잡았어요. 제가 이틀 정도 작업실을 비우고 어디라도 갔다 오면 얘들이 짜증을 냅니다.

"앙!"

밥을 왜 안 줬냐는 거죠. 아니, 여러분, 이게 말이 된다고 생각합니까? 그런데 오래 집을 비우면 저도 모르게 걱정이 돼요. 일정 때문에 며칠 집을 비울 때는 어쩔 수 없이 사료를 더 준비해 두고 나가고요. 그래야 애들이 빨리 커서 독립해 나갈 테니까요.

그런데 작업실 마당에서 애들이 결혼을 했나 봐요. 새끼를 다섯 마리나 낳았어요. 어느 날부터 이 고양이들이 마당을 완전히 차지했어요.

큰 마당은 아닌데요, 개네들이 맨날 누워 있으니까 더 나가지를 못하겠더라고요. 차 타고 시동 걸고 나갈 때도 늘 먼저 보닛을 두드리고 한참을 기다려요. 특히 겨울에는 그 안이 따뜻해서 애들이 그 아래 들어가 있거든요. 그때 갑자기 나타나면 얼마나 무서운지 몰라요.

어느 날, 제가 고양이를 왜 싫어하나 가만히 생각해 봤더니 아마도 예전에 〈전설의 고향〉이라고 저 어렸을 때 하던 TV 프로그램 때문이 아닐까 싶어요.

그러니까 어떻게 표현하면 될까, 계속 좀비들이 나오는 넷플릭스의 〈킹덤〉 같은 드라마라고 할 수 있어요. 지금 중고등학생들은 〈전설의 고향〉을 모를 테니 이렇게 표현해야 해요. (웃음)

거기서 귀신이 나오기 직전에 고양이가 먼저 등장하곤 했거든요. 고목나무 밑에서 고양이가 울고 나면 거의 어김없이 귀신이 나타났어요. 아마 그래서 고양이가 무섭고 싫은 것 같아요. 게다가 짝을 찾을 때, 특히 걔들이 밤에 내는 특유의 소리가 있습니다.

"와앙~ 와앙~!"

짝을 만나지 못하는 그 고통을
누구보다도 잘 알기 때문에
그들의 울음소리에 너무 공감이 돼서
저도 막 대성통곡을 할 때가 있어요.
외롭다는 거 아닙니까.
그럴 때가 있거든요.
그 고통이 너무나 절절하게 전해지기 때문에
전 걔들 싫어합니다. 진짜로. (웃음)

제가 애들 결혼한 것까지는 참았는데요,

어느 날 저희 집 현관 앞에 쥐를 잡아다 놨어요. 너무 놀라서 고양이 키우는 만화가 강풀한테 물어봤더니, 이게 고양이들이 고맙다고 주는 선물이라는 거예요.

"당신이 나한테 밥 주니, 나도 당신한테 이거 잡아서 선물로 줄게."

이런 거래요.

그래서 제가 "아, 이거 어떻게 하나. 손도 못 대겠는데"라고 했더니 강풀이 저더러 "형, 절대 소리 지르면서 치우면 안 돼. 그러면 좋아하는 줄 알고 또 갖다 놓을지 몰라"라고 말해요.

놀라서 반응하면 '아, 좋아하나 보다'라고 생각해서 쥐를 또 갖다 놓는다는 거죠. 그리고 화를 내도 안 된다는 거예요. 그럼 서운해 한다고.

뭘 어쩌라는 건지, 정말!

그게 실제로 맞는지 아닌지 잘은 모르겠지만, 혹시나 그럴까 봐 쥐를 보고도 제가 제 입을 손으로 막고 최대한 담담한 표정으로 쥐를 치웠어요. 진짜 못 살겠어요! (웃음)

휴~!

그렇게 2년쯤 한 지붕 두 가족으로 살다가 어느 날 자연스럽게 고양이 가족이 독립해서 나갔습니다. 그날 이후로 제가 이제 집안에 다시는 다른 생명을 키우지 않겠다고 다짐했어요. 외출해서도 자꾸 신경이 쓰이고 제 생활이 점점 더 없어지는 느낌이라 좀 힘들었거든요.

여러분, 그런데 어디 인생이 우리 맘대로 되던가요? (웃음)

전에 제가 라디오 진행할 때 초대 손님으로 오신 수의사 선생님이 어느 날 제게 이렇게 묻더라고요.

"제동 씨, 개 키울 생각 없으시죠?"

"키우실래요?"도 아니고 "키울 생각 없으시죠?"라고 묻길래 단호하게 대답했어요.

"네, 없습니다. 저 혼자 있는 게 편합니다."

'나 혼자 밥 해 먹고 사는 것도 힘든데 무슨 생명을 또 거두냐. 북악이랑 인왕이도 독립해서 나간 지 얼마 안 되는데' 싶었거든요.

그런데 수의사 선생님이 또 물어요.

"개 키운 적 없으시죠?"

"네, 키운 적도 없습니다."

"새벽에 어떤 여고생이 비를 맞으면서 구조해 온 아이가 있는데요.

두 달 동안 입양 공고하고 기다렸다가

일주일이 지나도 주인을 찾지 못하면 안락사시키거나

보호 시설로 가야 될 것 같아요.

일주일만이라도 누가 시간을 끌어 주면 좋겠는데…. 그럴 사람이 없네요."

말할 때 눈에 눈물이 그렁그렁해요.

지금 생각해 보면 그냥 안구건조증이나 이런 거 아니었을까 싶어요.

후후~!

알고 보니 우리 동네에 사는 한 고등학생이 8차선 도로에서 강아지를 구조해서는 이 수의사 선생님에게 맡겼대요.

"글쎄, 이 얘기를 왜 저한테 하시는 거예요?"

"아니, 그냥 그렇다고요."

"제동씨 주위에 혹시 맡아 줄 사람 있으면 좋을 텐데, 집에 조그 마한 마당이 있으면 더 좋고요."

아무래도 수의사 선생님이 제 성격을 다 파악하고 그 강아지를 아예 저한테 맡기려고 작정하고 접근했던 것 같아요. 제가 지금 그 수의사 선생님을 고소할 생각이에요. (웃음)

여러분은 그런 말에 넘어가시면 안 됩니다.

(사실은 좀 넘어가 주시라는 말인 거, 아시죠?)

저는 개하고 같이 살 생각이
전혀 없었다고요. 진짜로.
그런데 그 아이가 저희 집 현관에 들어와서
제 앞에 딱 엎드리는데, 그때 직감했어요.
'이제 내 인생은 없다!'
네, 어쩌다 보니 둘이 사는 소원을
이렇게 이루었네요.
저, 지금 그 아이와 함께 삽니다!

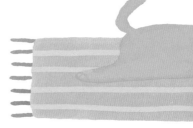

"전형적인 똥개입니다!"

여러분, 저 보면 "방송도 안 하고 어떡하나" 싶으시죠?

천만에요. 바빠요. (웃음)

잠깐만 살기로 했던 강아지, 일주일 후 정들어서 못 보내고 함께 살고 있거든요. 개와 살면 바쁩니다. 보호소에 있을 때 까매서 '연탄'이라고 불렸다는데, 제 동생이기 때문에 저는 '김탄'이라고 부릅니다. 줄여서 그냥 '탄이'라고 불러요. 그 아이가 지금 23킬로그램이 되었습니다.

어느 날 강형욱 씨가 제 작업실에 놀러 왔길래 이때다 싶어 탄이 족보를 물어보려다가 꾹 참았어요. 저 말고도 개 키우는 사람들이 얼마나 자주 물어보겠어요. 그러다 마당에 있던 우리 탄이를 강형

욱 씨가 보게 된 거예요. 찬찬히 보더니 저한테 물어요.

"형, 저 개 어디서 데리고 온 거예요?"

"탄이? 입양한 지 한 1년 됐어요."

질문에 대답하면서 이때다 싶어 궁금한 걸 물어봤어요.

"그런데 혹시 우리 개는 어떤 종이에요? 좀 찾아보니까 무슨 마운틴독이라는 유명한 개랑 닮았던데."

**저는 탄이가 우리집에 처음 왔을 때
생김새를 보고 족보가 있는 개인 줄 알았거든요.
조금 지나서는 셰퍼드하고 보더콜리 혼종 아닐까
혼자 짐작만 하고 있었습니다.
그런데 강형욱 씨가 우리 탄이를 한 번 더 쓱 보더니
이렇게 대답하더라고요.
"전형적인 똥개예요, 형님!"
둘이 크게 웃었어요.
네, 저 그 개랑 잘 살고 있어요.**

저는 한 번도 애를 낳은 적이 없는데, 어느 날부터 갑자기 아빠가 됐어요. 제가 사는 동네를 지나다 보면 계속 "탄이 아빠, 탄이 아빠!" 그럽니다. 그래서 제가 단호하게 "전 탄이 아빠 아니고 형이에요"라고 얘기했습니다. 너무 힘듭니다.

사료도 그냥 주면 안 먹어요. 북어 섞어 줘야 먹습니다. 어디서 북어에 염분이 있다고 들어서 물에 담가 놨다가 주는데, 또 물기가 있으면 안 먹어요. 그래서 전자레인지에 15초 정도 돌린 다음에 조금씩 찢어서 밥에 놔 줘야 먹습니다.

그걸 하루 두 번 합니다. 나도 그렇게 먹지 않는데….

그것뿐만이 아니에요. 마당에 상추랑 쑥갓을 좀 심었는데 다 뜯어 먹어요. 탄이가 뜯어 먹다 남으면 제가 먹습니다. 상추를 왜 그렇게 뜯어 먹는지 모르겠어요. 못 살겠습니다. (웃음)

그러는 와중에도 좋을 때가 있습니다.

'얘가 커서 나한테 효도하겠지?'

'얘 좋은 대학 가려나?'

이런 기대나 걱정이 전혀 없으니까요.

그저 이 생각밖에 없어요.

'밥 잘 먹어라.'

공연 마치고 집에 들어가서 제일 듣기 좋은 소리가 탄이가 와닥와닥 사료 씹어 먹는 소리예요. 그 소리 들으면 기뻐요.

"그래, 아프지 말고 먹어라. 잘 먹어라."

이런 마음이에요.

탄이가 저에게 온 지 4년 하고 반년이 지났는데요,
함께 살면서 한 가지 알게 된 게 있어요.
여러분이 아이 키우시면서 알게 된
바로 그거요.
네, 우리 탄이 천재견입니다! (웃음)

처음에는 강형욱 씨 나오는 프로그램을 보면서 반려견 훈련법을
배우곤 했어요. 그런데 나중에 만화가 강풀이 알려 준 방법을 썼더
니 천재견이 되었어요.

"앉아라!" 그러면 앉고요,

"서라!" 그러면 서고요,

"똥 눠라!" 그러면 똥 누고요,

"자라!" 그러면 잡니다.

대체 어떤 방법을 썼기에 이렇게 말을 잘 듣냐고요?

쉽습니다. 탄이가 앉아 있을 때 "앉아"라고 얘기하고요. 서 있을
때 "서"라고 얘기하고요. 뛸 때 "뛰어"라고 얘기합니다.

싸울 일이 별로 없습니다. 간식 먹고 있을 때 "간식 먹어"라고
얘기합니다. 성격도 순합니다. 낯선 사람 봐도 꼬리 흔들고요, 사
흘에 한 번 정도만 짖어요. 짖고 자기가 놀랍니다. (웃음)

그런데 혹시라도 개하고 같이 사실 분들은 다시 한번 잘 생각해

보시라고 말씀드립니다. 힘듭니다.

일단 저희 탄이는 집에서 배변을 하지 않아요.

똥, 오줌을 안 눕니다.

하루 두 번 무조건 집 밖으로 나가야 해요.

아스팔트나 도로 같은 데서도 잘 누지 않습니다.

반드시 낙엽이 있는 산속에 가야 합니다.

열 몇 바퀴쯤 돕니다.

탄이가 똥을 누면 그거를 제가 봉투로 집어야 해요.

그 첫 감촉을 잊지 못합니다.

아침에 1시간, 저녁에 1시간
무조건 산에 가야 합니다.
그래서 제가 키운다고 안 하고 같이 산다고 말해요.
자세히 보면 누가 누구의 주인인지 알 수가 없습니다. (웃음)

요즘 이 아이 먹이고 똥 치우는 게 가장 중요한 제 일상입니다. 저는 탄이와 살기 전까지 제가 개똥을 치우게 되리라고는 꿈에도 생각하지 못했습니다.

그런데 놀랍습니다. 같이 살고 난 이후로 탄이의 똥이 더럽지 않습니다. 희한합니다. 남의 개똥은 아직 더럽거든요. 그래도 길 가다가 남의 개똥 안 치운 것도 가끔 치우고 갑니다. 혹시 개 키우는 사람들이 싸잡혀 욕먹을까 봐 어쩔 수 없이 치워요. 그런데 우리 애 똥은 더럽지가 않아요.

'건강은 한가?'

개똥이 무른지, 괜찮은지 자꾸 그 안을 요리조리 살펴봅니다.

이상하게도 탄이랑 같이 살게 되면서

우리 어머니에 대한 마음이 굉장히 애틋해졌어요.

'아, 세상에 내 똥을 더러워하지 않은 한 사람이 있었겠구나!'

'아, 우리 엄마도 이런 마음이었겠구나!'

요즘 개똥 치우면서 이런 생각합니다.

그래서 요즘은 우리 어머니한테 잘합니다. 효도까지는 아니지만 자주 전화도 드리고 안부도 묻습니다. 예전엔 통화할 때 많이 싸웠는데, 요즘은 안 싸우고 그냥 "네, 네" 하면서 어머니가 하시는 얘기 듣습니다. 싸울 일이 별로 없어요.

개과천선했습니다.

탄이 덕분에, 제가! (웃음)

산책길에서 만난 사람들

뒷산에 탄이와 산책하러 갔는데 초등학생쯤 되는 두 아이가 강아지 한 마리를 데리고 와서 물어요.

"이 개는 순해요?"

그러면 저는 늘 이렇게 말합니다.

"맹견이야, 물어."

일부러 이렇게 말합니다. 그래야 조심할 테니까요.

우리 탄이와 아이들이 데려온 밍밍이가 노는 사이에 저랑 아이들은 이야기를 나눠요. 갑자기 한 아이가 말해요.

"저는요, 수학을 80점 맞았어요."

"그래? 잘했다."

그때 옆에 있던 아이가 말해요.

"저는 5점을 맞았는데요, 아무렇지도 않아요."

그래서 이렇게 말해 줬어요.

"너도 잘했다."

"저는 운동을 잘해요."

"아, 그렇구나. 잘했다."

"저는 근데 80점 맞아도 조금 부족하다는 생각이 들어요."

"그래, 그럴 수 있지."

"저는 왜 5점을 맞았는데 아무렇지도 않을까요?"

"그럴 수 있어. 아저씨는 수학 3점 맞은 적도 있어."

"아, 진짜요? 바보."

이 아이들 정말 귀엽지 않나요?

물론 집에서 아이들을 키우면 동화 같은 얘기들만 있지는 않겠
지만요.

제가 탄이하고 같이 하루에 아침저녁 두 번씩
산책을 다녔더니 그 모습을 보았는지
어느 날 우리 동네 통장님이 이렇게 말해요.
"제동씨, 맨날 개자식하고 같이 다니느라고 고생이 많네."
그래서 제가 말했어요.
"아니, 통장님 누구 보고 얘기한 건지 눈 방향을

똑바로 정해 주세요.

어느 쪽이 개자식인지 정해 달라고요."

통장님이 슬쩍 웃으면서 저보고 이래요.

"아휴, 탄이 아빠도 참."

"아빠 아니에요. 형이라고요.

아빠 소리는 딴 애한테 들을 거라고요."

"아이고, 희망은 안 버렸나 보네. 중성화 수술은 했어?"

우리 통장님 진짜 웃기거든요.

제가 "네, 하고 왔어요"라고 하니까

통장님이 뭐라고 하신 줄 아세요?

"같이 하지 그랬어."

통장님도 고소하려다 참았습니다. (웃음)

어느 날은 통장님이 제게 이렇게 말해요.

"이렇게 아침저녁으로 그냥 돌아다닐 바에는 동네 순찰을 좀 하는 게 어때?"

제가 지나가는 말로 "네, 알겠습니다" 했는데, 바로 다음 날 통장님이 제게 경광봉과 형광 조끼를 주시는 거예요. 등 뒤에 크게 '자율 방범'이라고 적혀 있는 조끼를요. (웃음)

어쩌다 보니 저녁에 조끼 입고 경광봉 들고

동네 방범 활동을 하고 있어요.

그런데 밤에 동네 돌아다니면 술 취한 분들이 가끔 시비 걸 때가 있거든요.

술 취해서 비틀거리다가 저를 보고 순간, 약간 긴장해요.

그러다가 가까이 와서 '경찰'이 아니라 '순찰'이라고 적혀 있는

글씨를 보면 이렇게 말해요.

저기요!

"씨, 경찰인 줄 알았잖아요!"

그러고 나서 둘이 같이 웃어요. (웃음)

제 꿈 중 하나가 경찰이었어요. 성적이 안 돼서 경찰학교 못 갔는데, 경찰의 꿈을 비스름하게 이뤘습니다. 이렇게 우리 동네 자율방범대원 한 지 지금 한 3년 됐습니다.

사람을 살리는 말

언젠가 한 선배가 그러더라고요.

"힘내라. 욕이 배 따고 들어오겠냐."

그래서 제가 그랬어요.

"내 겪어 보니까 배 따고 들어오던데요.

해도 해도 비난에는 면역이 안 생기는 거 같아요."

사람이 억울한 일을 당했을 때, 알 수 없는 모욕이나 폭력을 당했을 때 가슴이 미어집니다. 상처받아요. 이럴 때 내 얘기를 누가 들어준다면 그것만으로도 반쯤 풀립니다. 법도 그래서 필요한 거겠죠. 법의 최종 목표는 억울한 사람들 목소리를 들어주는 것이니까요.

살다 보면 억울하고 분한 일이 생길 때 있습니다. 그럴 때 사람은 이야기할 곳이 있어야 합니다. 저는 정신과 의사나 상담사한테 가시는 것도 적극 추천합니다.

정신과 의사나 상담사들이 주로 하는 일이 뭘까요?

제 생각에는 "음, 그랬군요" 하고

들어주는 게 첫 번째 같아요.

그분들은 그게 사람을 살리는 말이라는 걸 아시는 거죠.

제가 한번은 탁자 귀퉁이에 무릎을 딱 하고 부딪힌 적이 있어요. 그때 저도 모르게 너무 아파서 "악!" 하고 소리를 냈어요. 이럴 땐 아프기만 한 게 아니라 서러울 수 있거든요. 왜 그럴까요? 외상이 없어서 그렇습니다.

다쳐서 피라도 나면 주변 사람들이 달려와서 이렇게 걱정합니다.

"너 괜찮냐?"

"119 부를까?"

그런데 겉이 멀쩡한 경우는 오히려 이런 타박을 들어요.

"그 탁자가 20년 전부터 거기 있었는데, 하여튼 칠칠치 못하게."

상대가 이렇게 얘기하면 엄청나게 서럽습니다.

그럼, 딱 부딪혔을 때 바로 낫는 방법은 뭘까요?

하나밖에 없습니다.

옆에서 누군가가 "아, 그거 진짜 아픈데!" 이렇게 알아줘야 낫습니다. 제 생각에는 그걸 제일 잘 아는 게 바로 아이들이에요.

얼마 전 고등학교에 가서 인문학 이야기를 나눴어요.
그때 제가 이렇게 시작했어요.
"내 첫사랑 미옥이가 전학을 갔어."
그때 학생들이 전부 다 이랬죠.
"오우~ 오, 힘들었겠다!"

옆에서 반사적으로 "오!" "어떡해!" 이래야 낫습니다.

이렇게 상대의 입장에서 그 아픔을 상상하는 능력을 공감이라고 합니다. 일부러 그러는 게 아니라 저절로 상상되는 거죠. 그게 청소년 때 제일 왕성한 것 같아요.

저를 포함해서 어른들은 그런 감각이 대체로 좀 무뎌져 있어요. "집에 형광등이 나갔어. 어떡해. 정전됐나 봐!"

누가 이렇게 말하면 어른들은 "두꺼비집을 열어 봐"라고 보통 얘기하지만, 아이들은 거의 대부분 "아, 무섭겠다!" 그럽니다.

누가 무섭다, 아프다, 힘들다고 하면 다른 거 필요 없어요. "무섭겠다. 아프겠다. 힘들겠다"가 먼저입니다.

옆에서 "아~ 그거 너무 아픈데!" 이렇게 공감해 주고 아픈 거 알아주면 낫습니다. 그것밖에 없어요.

이런 얘기를 굳이 하지 않아도 인간은 보통 그런 삶을 삽니다. 남이 기뻐하면 같이 기뻐하고요, 남이 슬퍼하면 같이 슬퍼하고요. 대부분은 그렇습니다. 저는 이런 게 인문학의 핵심이라고 생각합니다.

각 분야에 훌륭한 전문가 분들이 많이 계시겠지만, 사실 우리를 진짜 치유하는 사람들은 우리 옆에 있는 사람들인 듯해요.

제가 얼마전에 병원에 갔어요. 그 때 어떤 분이 조심스레 저에게 물어요.

"새로 오셨죠? 괜찮아요. 좀 있으면 링거 달 거고요, 오늘 피 뽑을 거예요."

저는 처음에 의사가 회진하는 줄 알았어요. 나중에 안 건데, 그분이 그 병원에 3년째 입원과 통원 치료를 받고 있는 환자래요. (웃음)

"아, 이번에 새로 왔죠? 저는 2년째예요."
이분들이 저를 안심시킵니다.
"아이고, 내일 검사라며?"
의사만큼 아픈 사람의 마음을 잘 압니다.
두 눈 마주치면 빙긋이 웃어 주는 그분들을 보며

동지애도 생기고 큰 위로를 받았습니다.

충고, 조언, 평가, 비판 이런 거,
사람이 진짜 힘들 때는 사실 큰 도움이 되지 않잖아요.
'나를 진심으로 걱정하고, 공감해 주고,
생각해 주는 사람들이 여기에 있다!'
이런 마음이 들게 해주는 게 중요하다고 생각합니다.
저는 그랬습니다.

그러나 가끔은 진심 어린 마음도 오해를 살 때가 있습니다.

하지만 누군가의 불행과 슬픔을 외면할 수 없는 것은 그것이 바로 언젠가 우리 일이 될 수도 있기 때문입니다.

그 마음을 다 이해할 수는 없더라도 최소한 마음을 열고 들어보려는 노력은 하자고 다짐합니다.

지금도 그러려고 노력을 하고 있는데,
잘하고 있는지는 아직 잘 모르겠습니다.

최고!

길 위의 인생 그리고 견생

탄이의 성화 때문에 아침저녁으로 적어도 두 번은 대문을 열고 짧은 여행을 나섭니다. 수행자가 스승에게 큰절을 올리고 길을 떠나듯, 탄이는 기지개를 크게 한 번 켜고 제자리를 몇 바퀴 뛰는 자기만의 의식을 치르고는 문밖에 나설 채비를 마칩니다.

탄이는 매일 똑같은 코스를 산책하는데도 매번 마치 오늘 처음 보는 것처럼 주변 풍경을 대합니다. 대문 밖을 나서는 순간 풀 내음, 흙 냄새, 꽃향기, 바람이 전하는 공기 냄새 등등 지나치는 길거리의 풍경 어느 것 하나 놓치지 않겠다는 듯이 꼼꼼하게 살피며 앞장서서 걷습니다. 지루해하거나 귀찮아하는 기색 없이 눈을 반짝이는 녀석이 놀랍고, 가끔은 부럽기도 합니다. 새로운 여행을 위해

신발을 고쳐 신는 순례자의 비장함마저 느껴지기도 합니다.

**몇 걸음 뒤에서 바라보는 녀석의 발걸음은
한없이 가볍고,
꼬리는 가을 억새 저리 가라 할 만큼
풍성하고 아름답습니다.
어떤 여행객의 뒷모습보다도 설레 보입니다.
처음의 설렘과 익숙함이 주는 편안함을
동시에 누리는 신공을 보여 주는 탄이.
녀석은 딱히 새로울 것 없는 평범한 순간에도
자신의 견생을 진심으로 즐기며 사는 듯합니다.**

한두 시간 남짓한 여행길에는 항상 들르는, 탄이의 '참새 방앗간' 같은 곳이 몇 있습니다. 탄이가 가장 먼저 멈추는 곳은 녀석에게는 백화점이라고 할 수 있는 간식 가게입니다. 그곳 사장님은 늘 녀석에게 간식을 나눠 주십니다. 애정의 표현이기도 하고, 공짜로 주는 사은품이기도 합니다.

처음에는 녀석이 제 눈치를 보는 듯하더니, 이제는 제가 짐짓 모른 척하면 재빨리 가게 안으로 밀고 들어가 자리를 잡고 앉습니다. 좀처럼 보채지 않는 성격인데도 말입니다. 웃으면서 공짜 간식을 건네시는 사장님에게 괜스레 미안해서 강아지용 뼈다귀 간식을 하

나 사서 가게를 나옵니다.

조금 더 걸어가다 보면 편의점 아저씨가 소시지를 들고 녀석을 기다리고 계십니다. 녀석은 마치 당연하다는 듯 그걸 받아먹고는, 또다시 느긋하게 길을 떠납니다.

"급한 일이 있으니 좀 빨리 걸을래?"
제가 아무리 간절한 목소리로 부탁해도 녀석은 전혀 아랑곳하지 않고
길가에 늘어선 가로수 하나하나 놓치지 않고 멈춰 서서
킁킁 냄새를 맡습니다.
행복해 보입니다.

걷는 동안 때로는 아는 친구들에게 인사를 건네기도 하고, 때로는 경계하거나 피하는 자세를 취하기도 하지만, 어느 때건 녀석만의 고유한 걸음걸이와 일정한 속도를 유지하면서 짧은 여행을 계속합니다.

그러다 여행길 중간쯤에 있는 단골 커피집에 들러서는 계산도 하지 않은 채 시원한 물을 얻어 마십니다. 녀석을 바라보는 커피집 직원의 따뜻한 눈빛은 마치 저도 함께 물을 얻어 마신 양 제 마음까지 촉촉하게 만듭니다. 그곳에 사는 진짜 주인장 '상수'(고양이입니다.)에게는 늘 빚진 마음이라, 언제 특급 간식이라도 꼭 사 들고

가야겠습니다.

여행길 막바지에는 녀석이 가장 좋아하는 통장님 댁과 중국 음식점이 있습니다. (늘 대박 나시길…) 평소 아낌없이 먹을 것을 내놓으시는 그분들이 가게 문을 닫는 매주 월요일에도 녀석은 굳게 닫힌 문 앞에서 마치 탁발하러 온 수행자처럼, 그러나 때로는 맡겨 둔 물건을 찾으러 온 듯 당당하게 닫힌 문을 바라봅니다.

어쩔 수 없이 제가 한쪽 무릎을 꿇고 앉아 녀석과 눈높이를 맞추고는 오늘은 가게가 문을 닫는 월요일임을 찬찬히 설명합니다. 오랜 설명과 설득 끝에 천천히 발걸음을 옮기는 녀석과 집으로 돌아오며 길고 긴 하루 여행을 마무리합니다.

비 오고 눈 오는 궂은 날에는 걷고 냄새 맡는 일을
하루쯤 거르고 싶을 것도 같고,
매일 반복되는 하루가 지겨울 듯도 한데,
녀석에게는 그런 기색을 전혀 찾아볼 수 없습니다.
가끔은 저도 '탄이처럼 살고 싶다'고
'탄이에게 인생을 배운다'고 생각합니다.
내일에 대한 불안 없이 오직 순간에 충실하고,
새로울 것 없는 삶이라도 지루하다고 하소연하는 대신
천천히, 꾸준히 걸어서 마침내는 집에 도착하는 그 성실함을 말입니다.

물론 녀석도 때로 동료 강아지들과 사소한 시비를 벌이기도 하고, 예정에 없던 곳으로 갑자기 저를 이끌어 야단을 들을 때는 기가 죽기도 합니다. 그런 날은 산책을 마치고 집으로 돌아와도 마치 세상을 다 잃은 듯 바닥에 바짝 엎드립니다. 어쩌면 녀석은 그냥 쉬는 것일 수도 있겠지요. (웃음)

무념무상

하지만 다음 날 아침이 되면 언제 그랬냐는 듯 또 대문 밖을 나섭니다. 그 덕분에 저도 풀꽃들이 자라는 모습과 나뭇잎들의 변화를 자세히 살피고, 비 온 뒤의 흙 내음을 더 찬찬히 느낍니다. 그러면서 매일이 새날임을, 매일이 새 길임을, 또 날마다 설렐 수 있음을 함께 들이마십니다.

가끔 사는 게 힘들고, 인간관계가 어렵고,
현실에 좌절하고 실망하기는 해도
또 새로운 마음으로 문밖을 나설 수 있음을,
제 인생의 동반자이자 여행객인
탄이의 뒷모습을 보며 생각합니다.

지금도 각자의 자리에서
자기만의 특별한 여행을 하고 있을
일상의 귀한 여행자들에게,
아침마다 졸린 눈을 비비며 학교에 가는

어린 여행자들에게,
동시대 지구별에서 만나는 동료 여행객들에게,
탄이와 저의 살뜰한 안부와 기도를 보냅니다.
먼 길, 어려운 길, 그러나 새롭고 설레는 길,
여러분 각자의 길 위에
언제나 꽃들이 활짝 피기를 빕니다.

인도의 아침

    2023년 1월, 15박 16일 일정으로 법륜 스님과 함께 인도 성지 순례를 다녀왔습니다. 예전엔 여행을 가도 제 짐만 간단히 꾸리면 되었는데, 지금은 같이 사는 탄이를 맡기는 게 가장 큰일입니다. 다행히 제가 탄이를 입양한 곳에서 받아 주시네요. 녀석에게는 외갓집인 셈이죠. (웃음)

강가강(갠지스강)에서의 아침은 활기찹니다.
며칠 동안 아침마다 봐서 친구가 된
짜이집(인도 찻집) 사장님과 인사합니다.
'좋다'는 뜻의 힌디어 "아차해" "아차"로
서로 반갑게 인사를 하고,

손짓과 발짓을 곁들인 짧은 힌디어로
이런저런 이야기를 나눕니다.
그는 어젯밤 9시에 잠자리에 들고
새벽 2시에 일어나 신선한 우유와 생강 등
짜이 재료를 준비했다고 합니다.
그리고 새벽 2시 반부터 거리로 나와
차를 팔 준비를 한다고 합니다.

거리는 출근하는 사람들과 전 세계에서 성지 순례를 온 관광객들로 일찍부터 떠들썩합니다. 사실 이 짜이집의 단골이 된 건 옆 짜이집에 훨씬 손님이 많길래 괜히 마음이 쓰여서 자연스럽게 이곳으로 발걸음이 향해졌기 때문입니다.

그 덕분에 사장님과 여유롭게 이야기를 나누면서 말동무가 될 수 있었습니다. 슬쩍슬쩍 옆집을 쳐다보는 저와 달리 사장님은 옆집 장사는 신경도 쓰지 않고 자신이 할 일만을 합니다. 비교 따위는 평생 해본 적도 없는 사람처럼 보였습니다.

어떤 아침에는 자신의 딸과 아들을 제게 자랑합니다.
잠시 부러웠지만, 웃으며 아이들의 미소를 바라봤습니다.
함께 행복해졌습니다.
어느새 아이들 몇 명이 근처로 몰려왔습니다.

빵을 넉넉히 사서 아이들과 둘러앉아 손짓발짓 섞어가며

이렇게 말했습니다.

"돈을 주고받으면 친구가 되기 힘들지만

밥을 함께 먹으면 식구가 된대.

그러니 오늘 아침은 우리가 식구와 마찬가지야."

아이들과 함께 빵을 나누어 먹었습니다. 큰 아이가 건너편 길가 공원에 있는 작은 아이에게 줄 빵을 들고 분주히 움직이며 환하게 웃었습니다. 함께 간 일행과 아침을 든든하게 먹고 강가강으로 출발했습니다. 항상 사람들로 붐비는 곳이지만 이른 시각에는 관광객이 없어 저희가 타고 간 대형버스가 강 근처까지 들어갈 수 있어서 릭샤(택시처럼 기능하는 인도의 교통수단, 3륜 오토바이나 자전거로 수레를 끕니다.) 값은 벌었습니다.

새벽 강가강의 해가 떠오르는 모습을 고요히 지켜봅니다.

마음이 차분해지는 것도 잠시,

꽃과 염주를 파는 사람들이 저와 일행을 격하게 반기며 말을 건넵니다.

그들 나름대로 아침을 힘차게 시작하려는 것이겠지요.

'꽃과 염주를 사드려야 할까?'

잠시 고민했지만 오늘 아침 강가에서는 무엇도 더하고 싶지 않

있습니다. 부드럽지만 단호한 거절을 연습해 가며 나루터에 도착해 배를 탑니다. 손을 잡아 주는 뱃사람의 손이 듬직하고 따뜻합니다.

바로 옆에서는 현지인이 한국말을 유창하게 합니다.

"방생하세요. 방생."

맞아요. 이제 물고기 방생하라는 거예요. 물고기를 강에 풀어 주고 기도할라치면 방금 저희 일행이 방생한 물고기를 현지인들이 뜰채로 딱 떠요. 바로 옆에서 뜰채로. 그 모습이 당황스럽기도 하고 또 귀엽기도 합니다. (웃음)

아침 물살 위로 본격적으로 해가 떠오릅니다. 뭍에서의 번다함과는 다른 공간입니다. 여러 생각이 들 때쯤에 배에 함께 탄 인도 청년이 간단한 설명을 해줍니다. 강가에서는 장례식도 치러집니다. 돌아가신 분의 시신을 먼저 강물에 담근 후에 미리 쌓아 둔 장작 위에 올려 놓고 화장火葬합니다. 망자의 집안이 지위가 높을수록 장작의 양이 많고, 지위가 낮을수록 화장에 쓰이는 장작의 양도 적다고 합니다. 저희 일행의 걱정스런 표정을 읽었는지 이렇게 말합니다.

"돌아가신 분은 그런 것에 신경 쓰지 않을 테니 걱정할 필요 없어요."

무심한 듯 웃으며 우리 일행에게 강가강 기슭의 화장터 모습에 대해 설명하는 인도 청년에게서 붓다의 평온함이 엿보이기도 했습니다. 붓다가 제자에게 자리 반을 내어 주듯이 그가 저에게 경치 좋은 자리의 절반을 내어 줘서 배의 상석에 함께 앉는 영광을 누리기도 했습니다.

이런저런 이야기를 나누다 보니
인도 청년은 6월에 결혼한다고 합니다.
저에게는 왜 다들 이런 이야기를 하는 걸까요?
제 마음이 그런 이야기만 새겨듣는 건지도 모르겠습니다. (웃음)

죽음과 사랑, 두 가지를 뒤로 하고 배에서 내렸습니다. 길을 한참 걷다가 발걸음을 돌려서 그 청년에게 축하의 말과 축의금을 전하고 왔습니다. 마음이 좋았습니다.

그가 관광객을 만날 때마다 결혼 이야기를 하는 걸 수도 있다는, 일행의 농담 섞인 말도 웃으며 들었습니다. 그러면 또 어떻습니까.

"한국에서도 (아마도) 제가 내고 돌려받지 못할 것 같은 축의금은 차고도 넘쳐요!"

이렇게 가볍게 대답하고는 함께 걸었습니다. 강가강에서 시장 입구로 돌아와서 다시 마시는 짜이 한 잔은 기쁨과 행복 그 자체였습니다.

조미김과 고추장에 인도식 밥을 비벼 먹는 아침. 수많은 인도의 아침 속에서 내 나라 대한민국에서 맞는 아침을 그리워했습니다. 하지만 돌아온 지금은 왠지 모르게 인도의 아침이 살포시 그립기도 합니다.

요즘 여러분의 아침은 어떤지 궁금합니다.
어느 곳에서 맞는 아침이든
다정하고 따뜻한, 짜이 한 잔 같은 아침이기를….
인도에서 만난 어린 친구들과 식구들의 미소처럼
힘들어도 꿋꿋하고 다정한 마음이기를….
두 손 모읍니다.

내 얘기를 첫 번째로 들어주는 한 사람

우리 힘든 일이 있거나 궁금한 게 있을 때 점 보러 가잖아요. 종교와 관계없이 돈 내고라도 물어보고 싶을 때 있죠.

그런데 점을 봐 주는 분들이 하는 일이 뭘까요? 잘 들어줍니다. 들었던 말 가운데 문제의 힌트를 얻기도 하고요.

그런데 잘 듣는 직업 하면 또 저 아닐까요? (웃음)

여러분, 만약에 제가 사회자가 안 되었으면 점을 봐 주거나 교주가 되었을지도 몰라요. 제가 사회자 했기에 망정이지 마음 잘못 먹고 사이비 종교 만들었으면 난리 났어요. 그러니까 고마워하세요. (웃음)

어쩌면 사람들의 고민을 맞추는 건 잘 듣는 데서 시작될지도 모릅니다. 예를 들어 점집에는 어떤 분들이 올까요?

고민이 있는 사람이 옵니다. 딱 들어오면 물어보면 돼요.

"집에 감나무 있어? 없어?"

"있어요."

"나무 있어? 베야 해!"

이렇게 말하면 돼요.

만약 다른 경우는 뭐라고 하면 될까요?

"집에 감나무 있어? 없어?"

"없어요."

"심어야 돼!"

이렇게 되는 거예요.

"있어? 없어?"

"어, 있었던가?"

"자기 주위에 나무가 있는지, 없는지도 모르니

사업이 제대로 될 리가 없지!"

"그러게 말이에요."

이때부터 무슨 이야기를 하든 빠져들게 됩니다. (웃음)

저는 점 보러 가도 괜찮다고 생각합니다. 내 얘기 들어주잖아요.

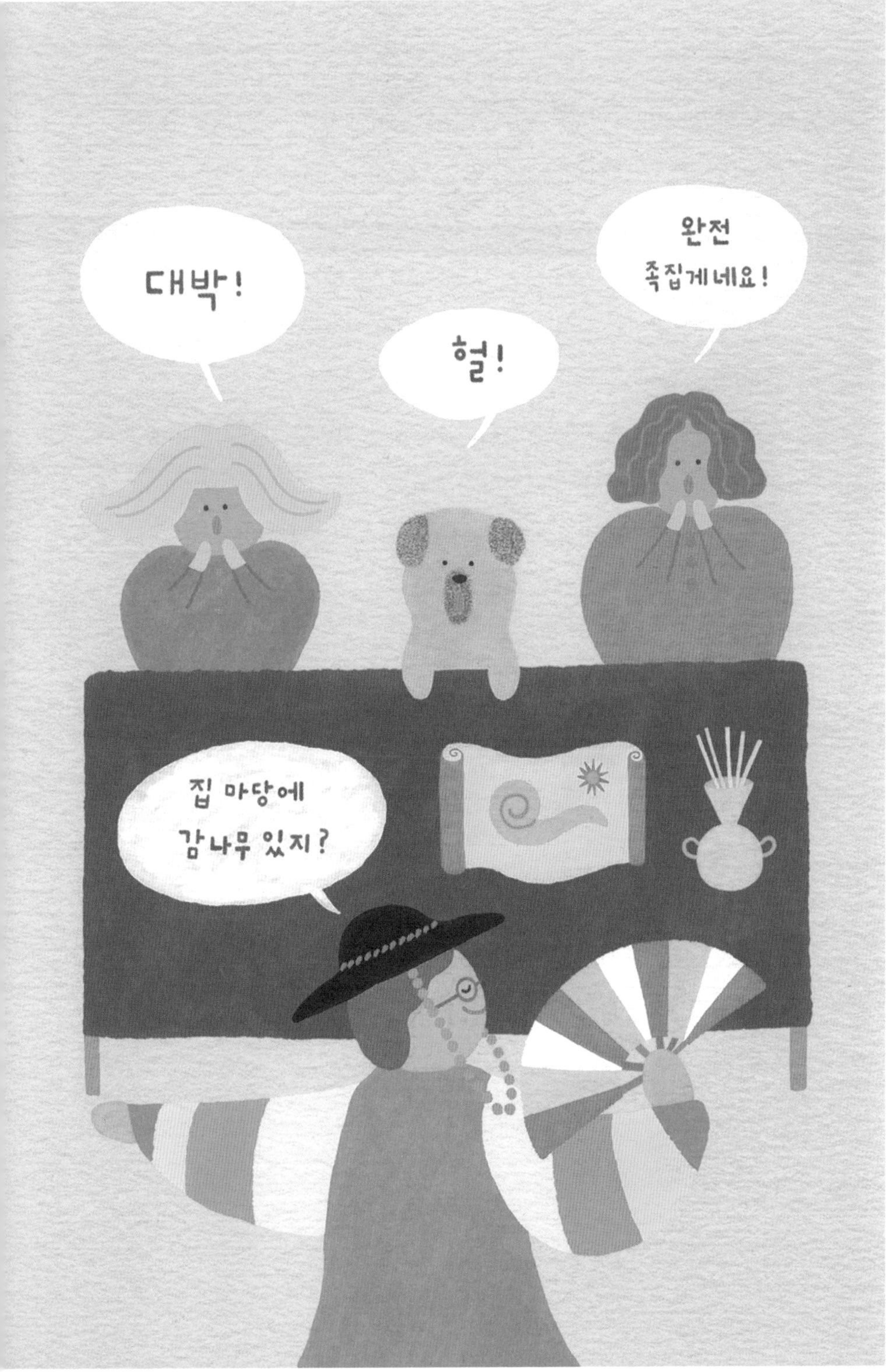
대박!
헐!
완전
족집게네요!
집 마당에
감나무 있지?

고민이 있으면 들어주는 상대가 필요하니까요. 다만 그대로 그게 다 이루어지는 건 아니라는 걸 알고 가는 거죠. (웃음)

예전에 시골에서 용하다는 무당들은 굿하기 전에 그 마을에 가서 이틀 밤 정도를 잤다고 해요. 그러면서 그 마을 사람들과 그 굿을 청한 사람의 이야기를 잘 들어줬다고 합니다.

예를 들어, 돌아가신 아버지를 위한 굿을 한다고 하면 아버지 목소리를 흉내 내는 겁니다. 돌아가신 어머니를 위한 굿이라면 어머니 목소리를 흉내 내겠죠. 그래서 대나무 딱 들고 있다가 아들이 절을 하면 "이제야 왔네!" 쓰다듬으면서 "아이고~!" 우는 거예요. 그리워하는 그 마음을 알아주는 거죠.

"좋다 나쁘다" "잘한다 못한다" 이런 얘기를 하는 게 아니에요. 모든 사람에게는 자기 이야기를 들어줄 사람이 한 명쯤은 필요하다는 겁니다. 저를 포함해서 누구라도요.

아참, 만약 그런 사람이 없다면
그래도 또 괜찮다고 생각해요.
자기가 자기 얘기를 잘 들어주면 되니까요.
울기도 하고 웃기도 하면서.
나의 이야기를 첫 번째로 들어주는
사람이 내가 될 때

내가 나를 어루만져 줄 수 있을 때
사람은 좀 안정감을 가질 수 있으니까요.
저는 그랬습니다.

3

어른이 되느라
고생한 당신에게

나의 여름은

　시골에서 자라서 그런지 제가 어린 시절 이야기를 하면 저보다 열 살쯤 많은 분과도 대화가 잘 통합니다. 저는 그때의 추억들을 축복으로 여깁니다. 물론 힘든 일도 많았죠. 그중 하나가 짝사랑하던 아이가 갑자기 전학을 가버린 일이에요.

　국민학교(초등학교의 예전 명칭) 5학년 초여름 즈음이었습니다. 그 당시 여름이면 늘 긴 장마 뒤에 태풍이 오곤 했는데, 왕복 1시간 반 정도 걸리는 등하굣길을 그 여름 내내 내린 비만큼 자주 울면서 걸었던 기억이 납니다. 그것만 제외하면 저는 그때의 추억들을 축복으로 여깁니다. 돌이켜 보면 참 행복한 어린 시절을 보낸 것 같아요.

토닥토닥!

열어 놓은 교실 창문으로 들려오는 매미 소리는
지금도 귓가에 맴돌 만큼 컸습니다.
넓은 운동장 너머 교문을 보며,
'어서 종이 울려 수업이 끝났으면 좋겠다' 싶었어요.
매미 소리가 아무리 커도 종소리보다
크지는 못했습니다.
듣고 싶은 마음이 간절하면
아무리 작은 소리라도 들리는 거지요.
마침종소리를 듣자마자 교문을 나서서,
중간중간 마을 길 사이로 친구들을 떠나보내고
집으로 돌아갑니다.

점심을 먹고 나면 약속이나 한 듯이 아이들이 골목길에 모두 나와 있었습니다. 그러고는 강으로 향합니다.

골목길에서 30분쯤만 가면, 어떤 특급 물놀이장도 흉내 낼 수 없는 최상급 강이 나옵니다. 신발을 한쪽에 벗어 놓고, 모두 물로 뛰어듭니다. 수영복이랄 것도 없이 입고 있던 옷만 벗으면 됩니다. 간혹 물이 불어 흙탕물이 일 때를 제외하고는 강물은 바닥이 보일 만큼 맑디맑았습니다. 물속 자갈밭에서도 '샌달(여름용 고무 샌들로, 그때는 그렇게 불렀습니다.)'을 신은 아이는 천하무적이라 부러움의 대상이었지만, 우리는 맨발로도 충분했습니다.

가끔은 날카로운 돌에 베여서 피가 나기도 했지만,

신나게 물놀이하느라 아픈 줄도 몰랐습니다.

다이빙 놀이를 하기도 했습니다.

겁내지 않고 다이빙을 해서 용기를 뽐내는 것도

당시 어린 소년에게는 큰 자랑이었죠.

가끔 물속에서 만나는 물뱀 때문에 깜짝깜짝

놀라기도 했지만,

물뱀 역시 우리를 보고 놀라기는 마찬가지여서

서로 잘 피해 다니며 놀았습니다.

실컷 물놀이하다 지치면 모두 물 밖 자갈밭 위로 나와서 속옷만
입고 하늘을 보면서 젖은 몸과 속옷을 말립니다. 이때 물속에 뛰어
들기 전에 설치해 둔, 학교 앞 문방구에서 팔던 '파리낚시(파리처럼
생긴 가짜 미끼로 민물고기를 유인하는 낚시 도구)'를 확인하면 물고기
가 몇 마리 걸려든 경우도 있었습니다.

한쪽 구석에 자갈로 작은 어장을 하나 만들어 두고 보기도 했습
니다. 집에 갈 때는 어장 한쪽을 막아 두었던 돌을 열어서 잡은 물
고기들이 모두 강으로 유유히 헤엄쳐 가는 것을 보며 물고기와도
마지막 인사를 나누었습니다.

시간이 어떻게 가는지도 모르고 놀다 보면 어느새 해가 어둑어둑 집니다. 물에 젖은 신발을 신은 채 철퍽철퍽 집으로 가는 길도 즐겁기는 마찬가지였습니다. 무슨 할 이야기가 그렇게 많았는지, 집으로 가는 길은 짧기만 합니다. 지금 생각해 보면 꽤 먼 거리였는데 말입니다.

집에 돌아가면 뭐든 맛있게 먹을 수 있을 것처럼 배가 고픕니다. 고추장과 김치를 비벼 만든 비빔밥을 한 숟가락 입에 떠 넣고, 시원한 열무 물김치 국물을 들이켜면 세상은 다 내 것이고, 그 순간만큼은 전학 간 짝사랑하던 아이와의 이별도 잊을 수 있었습니다. 밥을 다 먹으면 밥숟가락을 놓자마자 일어납니다. 아이들이 모두 골목에서 기다리고 있기 때문이지요.

친구들과 가위바위보를 합니다. 한 명은 전봇대로 갑니다. '무궁화꽃이 피었습니다'를 시작합니다. 몸풀기 게임이 끝났으니 골목 흙바닥에 오징어를 그립니다.

온 동네 아이들이 나라라도 구하듯 오징어 위에서 치열하게 다툽니다. 놀다 보면 옷이 찢어지는 일도 왕왕 있었기 때문에 윗옷은 벗고 할 때가 많습니다.

붙잡을 곳이 없었기 때문에 우리의 오징어게임은 정직했고, 공정했으며, 수준이 높았습니다. 누구도 자기 엄마 아빠가 무슨 일을 하는지 이야기하지 않았고, 궁금해하지 않았으며, 그럴 필요도 시

간도 없었습니다. (웃음)

오징어게임이 끝나면 잠시 쉴 틈도 없이 다음 경기로 넘어갑니다. 누구도 쉬자고 하지 않습니다. 여름밤의 대미를 장식하는 경기는 역시 숨바꼭질입니다.

한여름 밤의 골목은 숨을 곳 천지입니다.
술래에겐 암흑이지만,
숨는 아이들에겐 천국이었습니다.
"꼭꼭 숨어라 머리카락 보일라!"
마음에 없는 당부를 잠깐 전하고,
술래는 온 동네를 뒤집니다.

'무궁화꽃이 피었습니다'를 하던 그 전봇대는 술래가 없는 사이에 손으로 짚으면 이기게 되는, 다른 임무를 수행하는 놀이 기구가 됩니다. 술래가 다가올 때 그게 뭐라고, 크게 뛰던 심장 소리와 짜릿함이 지금도 선명하게 기억납니다.

달이 둥실 떠올라 온 동네를 환하게 비출 때쯤이면
각자의 집으로 돌아갈 채비를 합니다.
시계나 휴대전화기의 알림이 없어도
우리는 정확히 헤어질 때를 알아서

엄마 아빠들의 목청을 보호해 드렸습니다.

그 정도 눈치와 규칙은 있어야

다음날 또 노는 데 지장이 없다는 걸 알았습니다.

아직 어렸지만 어떻게 처신해야 하는지를 본능적으로 알 만큼

우리는 지혜로운 아이들이었습니다.

친구들과 아쉬운 인사를 하고는 집으로 들어가서 주전자 뚜껑에 보리차를 따라 벌컥벌컥 마십니다. 한여름의 땀과 열기를 식히기 위해 수돗가에서 몸에 찬물을 끼얹고 방으로 들어갑니다.

"여태 안 자고 뭐 하냐?"

"어서 자라!"

이런 잔소리에 답할 새도 없이 자다 깨면 다음 날 아침입니다. 불면증이 있을 수가 없었습니다.

저의 여름은 그랬습니다. 가끔씩 그때가 사무치도록 그립습니다.

우리 아이들에게도 그런 강들이,

우리 모두에게도 그런 시간이 다시 더 많이 생기면 좋겠습니다.

우리의 여름이 다시 그랬으면 좋겠습니다.

우리 사는 세상이 다시 그랬으면 좋겠습니다.

미리 여름 안부 인사를 전합니다.

다가오는 여러분의 열대야에
한줄기 소나기 같은 안부이면 좋겠습니다.
좋은 여름이시길. 좋은 여름이시길. 좋은 여름이시길.

어른이 된다는 것

　제가 매년 토크콘서트를 했습니다. 코로나19 때도 공연이 가능해지자 혜화역 공연장에서 사람들과 만나는 자리를 준비했어요. 그때 토크콘서트 주제가 '동심童心'이었습니다.

　토크콘서트 주제를 동심으로 잡은 것은, 저는 아이들 편을 들겠다는 선언이기도 했습니다. 동시에 한때 아이였던 우리 모두를 응원한다는 말이기도 했습니다. 그런데 이런 식의 기사가 났어요.

"아동에 대한 전문 지식은 물론

육아 경험도 없는 김제동이 뭘 알겠느냐,

전문성이 없다.

양육 전문가인 어떤 박사를 따라 하는 느낌이다.

제가 뭘 돌아옵니까? 어딜 갔어야 돌아오죠. 코로나가 확산되어 조심하라고 하니까 집에 가만히 있었을 뿐이에요. 잘 알지도 못하면서…. (웃음)

제가 그해 토크콘서트에서 하고 싶었던 얘기는 한동안 어디 가서 크게 웃지도 못했던 분들에게 다른 사람이 하는 얘기를 안 받아 적어도 되고, 그저 웃기면 웃으면 되고, 안 웃기면 안 웃으면 되고, 그러다가 공감이 되면 가끔 고개를 끄덕이는 시간, 그렇게 쫓기듯 혹은 지루해서 시계 안 봐도 되는 2시간을 선물해 드리고 싶었어요. 어른 되느라고 애쓰셨다는 말도 꼭 해드리고 싶었고요. 그리고 응원의 말도요. 이렇게요.

"니가 피는 걸 도울게.
내가 피는 것도 지켜봐 줘.
우리 다 꽃이야."

그랬더니 누군가는 이렇게 말합니다.
"대책 없는 위로 좀 그만해라."
글쎄요, 저는 사람은 대책 없는 위로, 조건 없는 지지를 받을 때 살아갈 힘을 얻기도 한다고 생각합니다. 우리가 대책을 몰라서 안

하는 거 아니니까요. 때로는 이것저것 다 해봤어도 안 되는 게 있으니까요. 그럴 때, 저는 대책 없는 위로가 큰 도움이 됐습니다.

누가 제일 많은 대책을 세우고 했겠습니까?
자기예요. 남의 충고가 대책이 될 수 없잖아요.
우리 감정은 말이 되지 않아도 괜찮으니까요.
감정은 반드시 정당하지 않아도 되고,
누군가의 동의나 승인을 받을 필요 없는 거니까요.

때로는 대책 없어 보이는 일들이 우리 삶을 풍성하게 하기도 하잖아요. 공기놀이, 오징어게임, 고무줄 놀이, 고스톱, 민화투처럼 지금까지 쓸데없다고 여겨지는 것들 덕분에 우리가 살고 있다고 생각해요. 때로는 우리 인생에서 대책 없어 보이고 논리적 설명이 안 되는 것들이 우리를 살렸다고 생각합니다.

그래서 저는 여러분께 대책 없이
"수고하셨다" "애쓰셨다" 하고 꼭 얘기해 드리고 싶었습니다.

세상은 자꾸만 우리를 모자란 사람 취급하고 뭘 배우고 채워야 하는 존재로 얘기하잖아요. 그러다 보면 왠지 불안하고 더 달려야 될 것 같고.

우리 모두 지금까지 자기 자리를 지켜 오면서 겪은 일들을 다 이야기해서 써 놓으면 책 한 권이고, 영화 한 편으로는 모자랄 정도로 그렇게 살아오지 않았습니까.

"그럼, 그만하면 됐어.
그래, 그만하면 괜찮다."
저는 이런 말들이 사람을 살게 한다고 믿습니다.
조건 없는 지지와 응원, 그런 게 천국이고,
때로는 그런 말도 필요 없이 그냥
"그래, 잘 살았다. 내 니하고 끝까지 갈 끼다."
이렇게 얘기해 주는 한 사람만 있으면
저는 살 수 있다고 생각해요.
그래서 앞으로도 대책 없는 위로를 포기하지 않을 거예요.

여러분, 혹시 명절 때 대책 없는 삼촌이나 이모 만나 본 적 있나요? 무슨 일 하는지 잘 모르고, 어느 직장에 다니는지도 모르지만 1년에 한두 번 명절에만 보는데도 용돈 툭 주고 가는 분들 있지 않았습니까?

저는 아이들에게 그런 사람이 되고 싶어요.
'저 삼촌은 뭐 하는 사람이지?'
정체를 잘 모르겠는데 그냥 만날 때마다 용돈 주지만 아무것도 꼬치꼬치 안 물어보고 그냥 들어주기만 하는 거예요.

지금도 동네 분식집이나 식당에 가서 교복 입은 아이들 보면 여러분이 제 책을 사서 읽고 또 콘서트에 오시느라 낸 돈으로 아이들 밥값 계산하고 나옵니다.

나오면서 식당 사장님에게 꼭 한마디 남깁니다.

"누가 계산했냐고 아이들이 물으면 저(김제동)라고 꼭 얘기해 주세요!"

저는 몰래는 못 하니까요. (웃음)

그런데 아이들 먹는 데 가서 대놓고

"오늘 아저씨가 계산할게."

이런 얘기는 안 합니다. 계산하고 그냥 가면 되죠.

그러면 꼭 이렇게 묻는 사람들이 있습니다.

"그애가 부잣집 애면 어떡하나요?"

부잣집 애도 밥은 먹어야 하잖아요. 그냥 먹이면 되죠. 그러면 그 애들도 자라서 또 다른 사람들 먹이겠죠. 아니어도 괜찮고요.

저도 요즘 돌아보니
어른이 되기까지 여러분이 걸어온 길 역시
순탄치만은 않았다는 걸 알 것 같습니다.
여러분, 어른 되느라고 모두 고생하셨고 애쓰셨어요.

국진이 형

공연을 앞두고는 늘 불안하고 떨립니다. 아무도 눈치를 못 채지만. 때로는 아무도 눈치 못 채게 혼자 감당해야 한다는 건 좀 외로운 일 같아요.

그럴 때 저는 늘 저의 정신적 의지처, 국진이 형을 찾아갑니다.

제가 준비하는 공연을 한 번 봐 달라고 부탁했어요. 마치고 형에게 물었어요.

"형, 뭘 고치면 좋을까요?"

"걱정하지 마.
내가 봤더니 너 타고났어.
너 하고 싶은 대로 해도 돼."

제가 그 말을 듣고 정말 아무 노력도 하지 않고 공연을 대충 했을까요?

아니요, 더 치열하게, 더 열심히, 더 열정적으로 공연을 준비했던 것 같아요. 말 하나하나에 마음을 실어 관객들과 함께할 방법을 찾으려고 애썼고요.

그러나 제 마음을 한결 더 편하고 든든하게 만든 건, 어쩌면 대책 없는 듯 들릴지도 모르는 국진이 형의 무조건적인 지지와 응원이었어요.

저는 그랬어요.

그래서 여러분께 그대로 돌려 드립니다.

제가 이 글 쓰면서 우리 모두를 가만히 떠올려 보니까

다 타고났어요.

마음 가는 대로 사세요. 대책 없이 행복하시기를 바랄게요.

그 자리와 그 사람은 함께 옵니다

어렸을 때 새 옷을 입고 새로운 장소에 간다는 건 늘 설레는 일이었습니다. 그럴 수 없을 때 슬퍼지죠. 유치원을 다니는 아이들의 원복을 물끄러미 바라본 기억이 있습니다. 당시 저는 집안 형편 때문에 갈 수 없었거든요.

국민학교에 들어갔을 때는 멋들어진 밧줄을 옆에 차고, 목에 멋진 스카프를 두른 아이들이 있었습니다. 남자는 '보이 스카우트', 여자는 '걸 스카우트'로 불렸습니다. 역시나 저는 들어갈 수 없었습니다. 그 옷을 너무 입고 싶었고, 거기서 주최하는 1박 2일의 모임에도 가고 싶었지만, 티를 내지 않았습니다. 우리는 우리대로 강에서 놀면 되었기 때문입니다. 그래도 우리 놀이가 더 짜릿했다고 힘주어 말하고 싶었습니다.

그러다 처음으로 다른 아이들과 똑같은 옷을 입게 되었습니다. 바로 태권도 도복이었습니다. 도장에서 처음에 한두 달은 공짜로 가르쳐주셨습니다. 도복만 사면 되었던 걸로 기억합니다. 넉넉하지 않은 집안 사정을 헤아리면서 참기도 했지만, 철없이 울기도 한 끝에 어렵사리 도복을 입을 수 있었고, 다른 아이들과 함께 태권도 도장을 다닐 수 있었습니다.

그때 맨발로 디뎠던 푹신한 바닥의 촉감과
사범님의 구령에 맞추어
무술의 고수나 된 것처럼 발차기하고,
몸을 풀었을 때의 알 수 없는 뿌듯함과
우쭐거림이 기억납니다.
도장으로 달려가는 발걸음은 무림 고수보다 더 빨랐고,
도착해서 갈아입은 하얀 도복과 흰 띠는
제게 세상에서 처음으로 무언가
대단한 사람이 된 것 같은 자부심을 주었습니다.
유치원 원복과 보이 스카우트 단복을 하염없이 흘깃거리던
모든 서러움을 한방에 날리는 것이었지요.

다리를 찢고, 앞차기, 돌려차기만 수없이 해도, 마치 하늘을 나는 것처럼 즐거웠습니다. 힘들지 않았습니다. 조금 있으면 정말 제가 태권도 고수가 되겠구나 싶었습니다.

하지만 사정을 이야기하지도 못하고 조용히 도장을 그만두어야 했습니다. 계속 배우고 싶었고, 다른 아이들처럼 저도 품띠까지만이라도 따고 싶었지만 그럴 수 있는 형편이 아니었거든요. 저는 파란띠까지, 그러니까 딱 석 달만 하고 더 못 배웠습니다.

아쉬운 마음에 도장 근처를 서성거리기도 했습니다.
한여름, 문을 열어 놓은 도장에서 나오는 구령 소리를 들으며
당수나무('당산나무'라고도 하지요) 밑에서
혼자 동작을 따라 해보기도 했고요.
가끔은 학교 다녀오는 길에 뒤쪽 창문에 붙어
까치발로 슬쩍 그 안을 몰래 들여다보기도 했습니다.

부러우면
지는 거?

그러던 어느 날, 젊은 사범님이 저를 불렀습니다. 쭈뼛거리며 인사했습니다. 왜 안 나오느냐고 물으셔서 아무 말 못 하고 한동안 가만히 서 있었던 것 같습니다.

제 마음을 읽은 건지, 그날 이후 사범님은 가끔 관장님 몰래 당수나무 아래에서 제 자세를 잡아 주고, 멋진 태권도 동작과 품세를 알려 주었습니다. 태권도 동작뿐만 아니라 쿵푸, 쌍절곤, 봉 기초

기법을 알려 주기도 했는데, 동네 다른 아이들은 잘 모르는 새로운 동작들이었습니다. 사범님과의 시간은 제게 자부심 그 자체였습니다. 두세 번이었지만, 개인 지도였으니까요. (웃음)

사범님이 왜 그렇게 했는지는 잘 모릅니다. 그때의 동네 당수나무 아래, 사범님의 환한 웃음과 발차기를 할 때 터져 나오던 "팡!" 하는 소리 그리고 바람을 맞으며 사범님을 바라보던 그 큰 당수나무 아래 그 자리와 그 시간이 제게는 일생에 가장 아름다웠던 시공간이라 할 수 있습니다.

지금도 가끔 힘이 들 때는 그 사범님과 당수나무 아래에서 보낸 시간이 문득 떠오릅니다. 생각해 보면 그 사범님이 스물한두 살 정도 됐던 것 같아요. 그처럼 젊은 사범님이 제 기억 속에는 몇 백 년 된 마을의 당수나무만큼이나 크게 느껴집니다. 그 관장님이 저한테 쿵푸를 가르쳐 준다고 사범님을 엄청 혼냈어요. 제가 보는 앞에서. 얼마 후에 그 사범님은 다른 도시로 갔습니다.

근데 진짜 속상한 게요,
그 관장님 이름은 기억이 나는데,
그 사범님 이름이 기억이 안 납니다.
너무 속상해요.

그래도 가끔 '나도 사범님 같은 어른이 됐으면 좋겠다!' 이런 생각을 합니다.

어른이 된 지금 새삼스럽게 알게 됩니다. 그 자리와 그 사람은 함께 온다는 것을. 어떤 사람과 함께 있느냐에 따라 공간에 대한 기억과 느낌이 완전히 다르다는 것을.

저는 그렇습니다.

어른이 된 지금, 어린 시절 사범님이 제게 주셨던 나무 그늘 같은 공간을 단 한 명의 아이에게라도 줄 수 있으면 좋겠습니다.

당수나무 아래 시원한 그늘 같은 그런 사람이

여러분 마음속에도 하나쯤 있을 거라고 생각합니다.

이 글을 읽으시면서 그런 사람, 그런 공간이 문득 떠올라서

여러분 모두가 한순간 오롯이 웃음 지을 수 있다면

저는 그곳이 천국이라고 믿습니다.

지금 여러분이 계신 그곳이 여러분으로 인해

천국이 되기를 빕니다.

포기하고 싶을 때

　방송을 그만두었을 때 그동안 자주 만나지 못했던 아이들을 만
날 좋은 기회가 생겼다고 생각했어요. 그래서 한 달에 다섯 번,
많게는 열 번 정도 전국에 있는 중고등학생들을 만나러 가고 있습
니다.

　물론 방송을 한창 할 때도 아이들과 학생들 대상으로는 무료 강
연을 많이 했지만요.

그때 저를 상담해 주시던 선생님이 그걸 아시고는

"네가 세상에 도움이 되니, 나는 너에게 도움이 될게."

이렇게 얘기하시며 오랫동안 저에게 무료로 상담을 해주셨어요.

당시 그 선생님에게 들었던 말 중에 제게 가장 위로가 되었던 두 가지가 기억납니다.

첫째, "연예인이라는 직업은 사람이 하면 안 되는 직업이다."

이 말을 듣는데 엄청 위안이 되더라고요, 희한하게.

둘째, "맞다. 그럴 수 있다. 모든 감정에는 다 이유가 있다."

이 말도 저한테는 두고두고 큰 위로가 되었어요.

그래서 아이들에게 제가 받은 거 나눈다는 마음으로 갑니다.

사실 요즘 아이들은 저를 잘 모릅니다. 그래서 훨씬 더 마음이 편합니다. 게다가 특별 수업 시간이라 아이들이 교실이든 강당이든 들어올 때부터 기분이 좋습니다. 그게 핵심입니다. 벌써 아이들의 마음을 알아주는 거잖아요. (웃음)

"아저씨는 힘들고 다 포기하고 싶을 때 어떻게 하세요?"

무슨 힘든 일이 있었을까요? 한 고등학교에서 강연 요청이 와서 갔는데, 한 학생이 이렇게 물어요.

제가 질문한 아이에게 이렇게 대답했습니다.

**"아저씨도 힘들었을 때 엄청 많았는데,
마흔이 넘으니까 좀 낫더라.
10대, 20대, 30대 앞으로 살면서 힘든 일이 엄청 많을 건데,
지금 힘든 거 어쩌면 진짜 아무것도 아닐 수 있어.**

어쩌면 지금보다 앞으로 훨씬 더 힘든 일들이
생길지도 몰라.
그런데 너무 걱정 안 해도 돼.
힘든 일이 생기는 만큼 네 힘도 점점 붙을 거니까."

살아가면서 힘들어서 다 포기하고 싶을 때, 내가 너무 힘들 때 누군가 나타납니다. 안 나타날 거 같은데, 누군가 나타나서 도움을 줘요. 안 믿어지죠? 저는 그랬습니다.

그런데 내가 힘들고 모든 걸 놓고 싶을 때 비밀로 하지 않아도 될 사람이 한두 사람 정도만 있으면 사람은 잘 살아갈 수 있는 것 같아요. 만약 그런 사람이 없다면 다정한 친구가 나한테 이야기 해주듯 내가 나에게 그런 얘기를 해주면 됩니다.

그런데 이렇게 얘기를 하면서도
저도 그런 상황이 되면 다 포기하고 싶고,
내려놓고 싶을 때가 가끔 있습니다.
사람이니까 그렇습니다.
하지만 그냥 그런 마음이 들어도 괜찮다,
나만 그런 거 아니라는 얘기를 해주고 싶고요.
그럴 때 그런 힘듦을 알아줘야 그 시간을 헤쳐 나갈 힘이 생깁니다.
저는 그렇게 믿습니다.

너로 살아도 괜찮아!

그리고 벼락처럼 햇볕 드는 날도 옵니다.

장담해요.

제가 한참 무대에서 이야기할 때는 별 반응이 없다가 약속했던 시간이 다 가고 마지막 인사할 때 조용히 와서 고양이처럼 제 주변을 맴돌다가 쓱 몸을 비비며 짧게 한마디 하는 아이들이 꼭 있어요.

"아저씨!"

"왜?"

"우리 엄마가 재미있을 거라고 해서 신청은 했는데, 안 믿었어요. 근데 믿게 됐어요. 오랜만에 많이 웃었어요."

이렇게 말하고 쓱 갑니다.

그러면 그 말에 막 울컥해서 또 아이들 보러 가는 겁니다.

함께 있을 때는 안 쳐다보다가 차 타고 운전해서 돌아가려고 하면

그때야 교실 2층에서 소리 질러요.

"조심해서 가세요!"

"또 와 주세요!"

이렇게 말해요.

미쳐요, 아주. (웃음)

이래서 4시간 동안 운전해서 온 피로는 다 잊어버리고

또 가는 겁니다.

이게 부모 마음일까요?

아니야! 부모님들은 더 골치 아픈 일 많으실 거예요.

저는 남의 집 자식들이라 그저 좋기만 해요! (웃음)

'국수게', 게임도 수능 과목으로

　요즘 제가 기회가 될 때마다 게임을 수능 과목으로 넣자는 얘기를 자주 합니다. 다 이유가 있습니다. 아이들의 간절한 요청 때문입니다. (웃음) 아이들 만나러 학교에 가서 질문을 하라고 하면 조용한데, 게임 얘기하면 갑자기 눈을 반짝입니다.

한번은 아이들에게 "너희들은 어떤 나라에서 살고 싶니?"라고
물어본 적이 있어요. 뭐라고 대답하는지 아십니까?
"게임을 맘껏 할 수 있는 나라에서 살고 싶어요."
이렇게 대답하더라고요.

　그러면서 아이들이 던지는 질문이 있어요.

"아저씨, 게임은 나쁜 거예요?"

"글쎄….." (웃음)

하고 싶은 말 있으면 더 하라고 했더니 이렇게 말해요.

"게임을 마음 편하게 할 수 있도록
부모님들에게 얘기 좀 해주세요."
"질릴 때까지 실컷 하고 싶어요."
그래서 제가 아이들에게 이렇게 약속했어요.
"알았다. 어른들한테 말할 기회가 있을 때마다
내가 얘기하겠다."

이것이 제가 어른들에게 '게임을 수능 과목으로 넣자'고 얘기하게 된 계기입니다. 실제로 이야기할 기회가 생길 때마다 가서 얘기합니다. 아이들과 한 약속을 지키기 위해서.

여러분, 아이들이 게임 마음껏 하도록 해줍시다.
더 나아가 수능에 게임을 정식 과목으로 넣읍시다.

아이들 질문에 대해 저도 다시 생각해 보았어요. 정말 게임은 나쁜 걸까요? 애들이 게임을 하는 이유 중 1위가 친구 관계 때문이라고 합니다. 2위가 공정한 게임의 방식 때문입니다. 여기는 아빠 찬스, 엄마 찬스가 들어갈 수가 없습니다. 오로지 아이의 능력이 중요합니다. 물론 현금을 내고 유료 아이템을 사는 '현질'이 있긴 하지만 이건 좀 자존심 상해하는 분위기입니다. 그리고 생각해 보면 여러분도 한때 애니팡 같은 동물 머리 맞히기 게임에 시간을 쏟지 않았습니까? (웃음)

사실 저는 이 부분에 대해
어른들이 별로 말할 자격이 없다고 생각합니다.
첫째, 게임을 누가 만들었습니까?
어른이 만들었습니다.
둘째, 게임을 너무 재미있게 만들었습니다.
그리고 계속 더 재미있게 개발하잖아요.
세계로 뻗어가는 K게임 산업!
그렇게 잘 만든 게임을 왜 애들이 하면 문제라고 그럽니까?

그리고 애들한테 "너 게임하면 출세 못 한다." 이런 얘긴 절대로 하면 안 된다고 생각합니다. PC방 가 보셨습니까? 더 출세할 생각이 안 들 정도로 편합니다. 웬만한 사장님 의자보다도 훨씬 더 현대적이에요. PC방 의자 진짜 편합니다. 목을 완전히 받쳐줍니다. 각도에 따라서 조절도 되고요. 높이 조절이 다 됩니다. 대통령 의자보다 훨씬 편할 것 같아요. 그런데 더 출세할 생각이 있겠습니

까? 없어요. 안 듭니다. (웃음)

그리고 게임하다 보면 옆에 메뉴판이 떠요. 클릭 한 번 하면 제육덮밥이 나와요. 이곳이 천당이고 극락이란 생각이 들어요. 그리고 게임 재밌습니다.

그렇게 만들어 놓고는 애들 보고 "하지 마라" 하고 말하면 안 된다는 것이 제 생각입니다.

하지만 어른들 말대로 이제라도 아이들이 게임을 그만하게 하려면 어떻게 하면 될까요? 제 생각은 이래요. (웃음)

게임을 수능 필수 과목으로 채택하면 됩니다.

**국(영)수게.
국어와 수학, 게임은 수능 필수 과목으로 하고,
영어는 괄호 보이죠? 선택 과목으로 합시다.
영어 수업 시간은 그대로 하고 수능에서만
선택으로 합시다.**

학교 컴퓨터실을 PC방처럼 꾸미고, 학교에 게임 선생님이 오셔서 아침부터 게임 수업을 하고. 좋은 대학에 가려면 게임 성적이 좋아야 하니 학원도 다녀야겠죠. 그러면 애들이 게임을 그만두기 시작할 겁니다. 집에 있으면 어른들이 이렇게 말하겠죠.

"어서 게임해. 마우스 위에 손 올려. 옆집 민철이는 18시간 동안 컵라면만 먹고 게임하다가 지쳐서 잤다는데, 쟤는 누굴 닮아서 저렇게 게임을 못하는지 모르겠네. 정말 속상해 죽겠네!"

어른들이 걱정하는 것과 달리 게임을 교육 과정에 넣고 방과 후 집에서도 하라고 강요하면 아이들은 서서히 그만두기 시작할 겁니다. (웃음)

"엄마, 영어 1시간만 하게 해줘요."

이때 물러서면 안 됩니다.

"안 돼. 영어보다 게임이 훨씬 더 중요한데 쓸데없는 소리를 하고 있어."

이렇게 영어를 못 하게 하면 애들이 영어 쓰고 싶어 안달할지도 모릅니다. 숨어서 몰래 할 가능성도 있어요. 우리 다 해봐서 알잖아요.(웃음)

그런데 혹시 이게 게임을 권장하는 얘기처럼 들리나요? 아닙니다. 아이들이 뭔가를 간절하게 원할 땐 오히려 그런 마음이 들 수 있다고 인정해 줄 수도 있어야 한다는 겁니다.

대신 공부 안 하고 게임만 했을 때 거기에 따르는 대가에 대해 알려 주고 본인이 결정할 수 있게 기다려 주면 되는 거죠. 어른이 되는 연습을 하고 있잖아요. 지지하고 믿어 주는 마음도 분명히 있어야 한다고 저는 믿어요.

기자님들 중에 이 대목 중에서 일부만 뽑아서 "김제동, 아이들에게 게임할 수 있는 나라를 물려주어야"라고 쓰신다면 저는…, 흑~!!

중고등학생들 우리 걱정처럼 게임만 하지 않아요. 숙제에 아주 충실합니다. (웃음) 시간이 끝나갈 즈음 제게 이렇게 말합니다.

"아저씨, 마지막으로 좋은 얘기 한마디만 더 해주세요."

제가 그전까지 1시간 반 동안 좋은 얘기를 많이 해줬을 거잖아요. 그건 다 쓸데없는 얘기였다는 거죠. (웃음)

"그래도 마지막으로 좋은 얘기 하나만 더 하고 가세요. 이거 평가서에 적어야 한단 말이에요."

그러면서 강연 평가서를 꺼내더라고요. 그래서 제가 이렇게 말해 줬어요.

"그대로 적어라. '그럼에도 불구하고 너희들은 좋겠다. 이놈들아!'"

그랬더니 "와~" 하면서 적어요. 그러고는 이렇게 말해요.

"아저씨, 아저씨 생각해서 '이놈'이란 말은 뺐어요."

정말 똑똑한 애들입니다. (웃음)

143

"아저씨는 누구세요?"

한 중학생이 이렇게 말합니다.

"김제동 보러 가자."

옆에 있던 친구가 말합니다.

"거기 왜 가냐?"

"말한단다."

"김제동 말하는 거 들어서 뭐 할래?"

"야, 그래도 가보자."

이렇게 한두 명은 친구 때문에 떠밀려 오기도 합니다. (웃음)

중학교 2학년 애들 재미있습니다. 제가 누군지도 모르는데, 강연 신청을 했어요. 그중 한 명이 이렇게 물어요.

"아저씨, 누구세요?"
진짜 철학적인 질문이죠.
'나는 누구일까?'

저를 아는 사람들에게는 제가 "김제동입니다" 하고 소개하면 되지만 애들은 김제동이 누군지를 모릅니다.

애들은 제가 방송하는 걸 본 적이 없으니까 당연해요. 부모님들이 들어보라니까 그냥 신청해서 온 아이도 있어요. 어떤 책 쓴 사람이라니까 그냥 보러 온 거예요.

거기다 대고 제가 전에 연예대상을 받았느니, KBS 대상을 받았느니, 대구에서 레크리에이션 강사부터 시작해서 PD들이 서울에서부터 섭외하러 직접 내려온 전설적인 인물이라느니, 그래도 내가 대구 MBC 리포터하고 있었고, 지역 축제 일정이 있어서 공중파 방송을 거절했더니 서울에서 온 PD들이 "이런 사람은 처음 본다"며 "어떻게 이럴 수가 있느냐"고 했다는 얘기는 해서 뭐합니까. (웃음)

그리고 연세대 축제, 고려대 축제 앞두고 총학생회에서 방송도 하기 전에 소문을 듣고 섭외하러 왔었다느니, 야구장에 야구 보러 온 사람보다 저를 보러 온 사람이 더 많았다느니, 이런 얘기를 애들한테 하면 뭐 할 거예요. 그렇게 자랑해서 뭐 하겠어요. 지금 제

가 자랑하고 있습니다. (웃음)

또 뭐냐, 등산을 잘할 거 같은 연예인 1위를 해서 한동안 산에서 쉬지를 못했다느니, 그런 말을 하면 뭐 하겠어요.

실제로 그때는 산에서 힘들어도 쉬지를 못했어요. 그래서 얼굴이 알려지는 거 별로 안 좋을 수도 있습니다. 길거리 나갔을 때 사람들이 알아보는 것도 축복이지만 반대로 아무도 알아보지 못하는 것도 그 못지않은 축복이라고 저는 느껴요. (웃음)

다만 한 가지 아쉬운 것은 예전에는 길거리에서 애들을 보면 불러서 용돈 주면서 간식 사 먹으라고 편하게 말할 수 있었는데, 요즘은 그렇게 못 한다는 거예요. 애들이 저를 잘 모르니까요. 낯선 사람이 돈 주는 거 받으면 안 되잖아요.

예전에는 애들이 TV에 나온 저를 알아보니까 초등학생이든, 중학생이든, 고등학생이든, 식당에서 보이면 문 열고 들어가서 밥값 대신 내주거나 용돈을 줄 수 있었는데, 지금은 그게 잘 안 돼요. 그러다 보니 최근엔 '나는 누구인가?'를 생각하는 날들이 많아졌어요.

전에도 소개한 적이 있긴 한데 몇 년 전에 '하드코어 템플스테이'에 참여한 적이 있어요. 그 절은 딴 거 안 하고 계속 이렇게 묻습니다.

"당신은 누구십니까?"

나는 누구인가?

제가 "김제동입니다" 하고 대답했더니 스님이 "그건 당신 이름이고요. 누가 김제동이라는 이름을 쓰면 그 사람이 다 당신입니까?" 하고 되물으세요. 들어 보면 또 맞는 말이잖아요.

세상에서 제일 짜증나는 게 뭔지 알죠? 들으면 맞는데 생각할수록 화가 날 때입니다. 그래서 제가 다시 대답했어요.

"저 사회자입니다."

"그건 당신 직업이고요. 당신은 누구십니까?"

"우리 엄마 아들입니다."

"그건 관계고요. 당신은 누구십니까?"

제가 좀 짜증이 나서 "그러는 당신은 누구십니까?" 그랬더니 "시비하지 말고요." 이렇게 말해요.

이걸 4박 5일 동안 했습니다. (웃음)

'나는 누구일까?'

'직업과 관계를 다 내려놓고 나면 나는 누구일까?'

"쓸데없는 소리 하고 있다.

지금 그런 생각할 시간이 어디 있어. 공부해야지."

나는 누군가? 여긴 어디?

누군가는 이렇게 말할 수 있어요. 그리고 맞는 말이에요. 그런데 그런 것을 생각할 시간이 없다고 얘기하지만 사실 무의식 속에 우리는 다 '나는 어디서 와서 어디로 가는가?'

하는 질문을 품고 산다고 생각해요. 그냥 정신없이 바쁘게 살다 보니 잠시 잊고 지낼 뿐이죠.

어쨌든 최근에 아이들을 만나면서 김제동이라는 한 사람에 대한 특별한 이미지 없이 나를 바라봐 주어서 제게도 참 좋은 시간이었어요.

강연 1시간 반이 지나고 갈 때쯤 되니까
어떤 아이가 이렇게 말해요.
"지금까지 왔던 분들 중에서 아저씨가
제일 재밌었어요."
아이고! 끝까지 제 직업이 뭔지를 몰라요. (웃음)
하긴, 저도 아직 제가 누군지 잘 몰라요.
그래도 괜찮아요, 뭐!!

어른들을 일깨우는
아이들의 위대한 질문

"아저씨, 인생은 뭘까요?"

경기도에 있는 한 고등학교에 갔더니 한 학생이 이런 질문을 해요. 가볍게 넘길 수도 있는 질문이지만 이게 인류가 생겨난 이래로 끊임없이 하는 물음이잖아요. 그런데 아직까지 정답을 찾지 못하고 있습니다. (웃음)

제가 오래전에 읽었던 《어른을 일깨우는 아이들의 위대한 질문》이란 책이 있는데요. 여섯 살에서부터 열두 살 정도 되는 아이들이 집에서, 학교에서 생활하다 궁금한 것들을 질문해요. '소가 1년 동안 참았다가 뀌는 방귀'에서부터 '어떻게 사랑에 빠지는지' '우주는 왜 반짝거리는지'에 관한 것까지.

이 질문들에 대해 사회에서 인정받고 주목받는 자리에 가 있는 사람들, 그러니까 세계적으로 유명한 코미디언, 천문학자, 지리학자, 정치인, 작가들이 답장을 보내 주는데, 그 과정 자체가 저는 굉장히 감동적이었어요.

아이들의 질문을 가볍게 넘기지 않고 어른들이 고민하고 집중해서 대답해 주는 과정을 상상하며 책을 읽으니까 너무 멋있고, 제 마음까지도 치유되는 느낌이었어요.

그중 "나는 뭐예요?"라는 아이의 질문에 각 분야 어른들이 답장을 보내 왔는데, 제게는 천문학자의 대답이 기억에 남아서 정확하진 않지만, 기억나는 대로 아이들에게 얘기했어요.

"약138억 년 전 빅뱅이 있었어.

빅뱅 이후 별과 먼지가 만들어지고,

지구가 행성과 충돌하며 지구의 자전축이 기울기 시작하면서

달과의 인력 등 여러 조건들이 갖춰져

지구의 생명체가 만들어지기 시작하고, 지금의 네가 생겨났단다.

다시 말하면 별의 구성 물질과 너의 구성 물질은 같아.

그러니 너는 말 그대로 별의 아이야."

그랬더니 여기저기서 "우와~"라는 반응이 터져 나와요.

우리가 모두 별에서 온 별의 아이란 말이 낭만적이기도 하고,

우리의 시각이 우주로 넓어지는 순간을 느낄 때 짜릿하고 황홀하잖아요.

저도 이 책을 처음 읽었을 때 저한테 막 '그래, 나도 별이야, 중년의 별!' 이렇게 생각한 적이 있었는데, 이게 되게 좋더라고요. (웃음)

또 하나 제 기억에 오래 남아 있는 답변이 스탠드업 코미디언이 보내 온 거예요. 내용은 대충 이래요. 정확한 건 여러분이 책에서 확인해 보셔야 해요. (웃음)

> "'닥치고 공부나 해!' 라고
> 부모님과 어른들은 말할지도 몰라.
> 그런데 그건 어른들이
> 이 문제에 대한 답을 몰라서 그래.
> 그러니 너는 멈추지 말고 이 질문을 계속하렴.
> 이런 질문을 멈추지 마.
> 그러면 적어도 나 같은 코미디언이 될 수는 있어."

우리 살다 보면 어느 순간에 '인생은 무엇일까?' '나는 뭘까?' 이런 질문을 던질 때가 있죠. 우리 앞에 인생이 먼저 펼쳐져 있기 때문이잖아요. 살다 보니 저는 이게 순서가 좀 바뀌더라고요.

"인생이 뭘까요?"라는 질문을 던지는 것도 중요하지만 이미 주어진 우리 인생이니까 "왜 살아야 하나요?"보다 "어떻게 살아야 할까요?"라는 고민과 연결되더라고요.

우리가 원해서 세상에 태어난 사람은 없잖아요. 인생이라는 축에서 X값이 이미 기본 값으로 주어져 있기 때문에 우리의 자유의지에 따라 Y값을 어떻게 구할지 생각하는 것이 훨씬 더 앞으로 나아가는 거라고 생각합니다.

안 그러면 자칫 "내 인생 왜 이래" 하고 남 탓하거나 "나는 왜 이럴까?" 자기 탓하거나 "인생 별것 없네" 하고 허무해질 수도 있으니까요. 저는 그랬습니다.

저는 책에서 아이의 질문과
어른들의 답변을 보고 엄청 감동했는데,
실제로 어른들에게 질문을 던진 아이가
답변을 끝까지 읽었을지는 잘 모르겠습니다.
당시 그 아이가 여덟 살이었거든요. (웃음)

아이들의 눈으로 본 세상은 무엇 하나 '당연한' 것이 없고 '왜?' '어떻게?'로 시작하는 의문투성이입니다.

잊고 살지 몰라도 우리 어른들 역시 한때 '궁금한 게 많은 별의 아이들'이었습니다. 아이들의 반짝이는 질문과 어른들의 따뜻한 답변은 우리가 그간 당연하게 지나쳐 온 주변의 사물들을 새로 보게 하는 뜻밖의 순간을 선물할지도 모릅니다.

여러분, 우리 잊지 말자고요.

우리 모두 별의 아이랍니다.

아, 좋다!

4

함께 가요,

같이 갑시다!

갑을계약서 말고 동행계약서

　　2015년 손석희 앵커가 '두 개의 계약'이란 브리핑을 했어요. 서울 성북구 아파트 주민들이 경비원들과 계약을 맺으면서 갑을甲乙계약서가 아닌 동행同幸계약서를 썼다는 내용이었죠. 성북구는 아예 이를 제도화하기로 했다고 하고요. 관심이 생겨서 기사를 찾아보기도 했어요. 그때 기자가 이렇게 물었어요.

　　"계약서의 '갑'과 '을'이 '동행'으로 바뀐다고 해서 뭐가 달라질까요?"

　　이때 입주자 대표의 말이 참 인상적이었습니다.
　　"이 계약을 함께 씀으로써 앞으로 갑질을 하지 않겠다는
　　양심선언을 하는 것이지요."

'갑질' 이런 용어들이 이제는 낯설지 않은 시대가 되었어요. 사실 '갑을'이라는 게 단순히 계약서상의 상대방을 지칭하는 용어일 뿐인데, 어느 틈엔가 강자와 약자를 상징하는 권력관계 용어처럼 돼 버렸네요.

본래 '동행同行'이란 단어는 한자로 '함께 걷는다'는 의미죠. 그런데 이 계약서는 동행의 '행'을 '행복할 행幸' 자로 바꿔 넣었더라고요. 함께 걷기도 하지만, '더불어 행복하자'는 의미로 동행계약서를 쓴다고 해요.

사실 계약서에 나온 '갑'과 '을'이란 표현이 우리 조상들이 날짜나 달, 연도를 셀 때 사용했던 '갑甲, 을乙, 병丙, 정丁, 무戊, 기己, 경庚, 신辛, 임壬, 계癸' 십간十干 중 두 글자일 뿐이잖아요. 그것들 사이에 우열이 있는 게 아니라 다 같은 무게라고 할 수 있죠.

동행계약서, 함께 행복해지는 계약서라고 할 수 있어요.
저는 이렇게 쓴 A4 한 장에 담긴 계약서의 무게와
후시딘 연고 하나의 무게가 똑같다고 생각해요.
조그마한 아이디어지만
일하시는 분들이 자부심을 가질 수 있게 하고,
사람을 북돋우고 치유하는 데는
이런 마음씀씀이가 최고라는 생각이 들어서요.

내가 내 삶의 주인공으로 산다는 것과 '갑질'은 다른 거잖아요.

지금 내가 잘나가고 무엇인가를 잘한다는 것은 나만의 공일까요?

우리는 알게 모르게 많은 이들의 도움 속에서 살고 있습니다.

제가 공연하러 가서 사람들과 이야기하고 아이들을 웃길 수 있는 것은

제 재능만 출중해서일까요?

물론 제 재능이 출중한 것도 좀 있겠죠. (웃음)

얼마 전에 있었던 일이에요. 평소에 제가 혼자 아이들 만나러 가는데, 그날은 제가 아프다고 하니까 후배가 와서 운전해 준 덕분에 편하게 다녀왔어요. 표현은 잘 못했지만 엄청 고맙더라고요. 알게 모르게 우리 다 이런 도움 속에서 사는 것 같아요.

무엇보다 중요한 건 말로 웃기는 저 같은 사람에게 제 말을 귀담아들어 주는 여러분이 없으면 저는 살 수가 없어요. 제가 혼자 이런 얘기를 할 수 있을까요? 그럼 무슨 재미겠어요. 벽을 보면서 혼자 얘기하는 게 재미가 있을까요? 들어주는 분들이 있어야죠.

저는 가끔 사람이 하는 말 때문에 상처받지만, 또 사람으로 치유되는 것 같아요. 다른 사람을 웃게 하는 것이 제 직업이라는 것이 너무 좋고 행복해요. 한 사람이 또 다른 한 사람을 좋아하고 있음을 원초적으로 보여 주는 것이 '당신을 웃기고 싶다'라는 마음이잖아요. 싫어하는 사람을 웃기고 싶은 경우는 없으니까요. 어떤 썰렁한 농담이라도 가치가 있는 건, 내가 당신을 좋아하고 있다는 걸 표현하기 때문일 테고요.

저는 우리 모두 동행同幸할 수 있다고 믿어요.

제1차 세계대전이 한창이던 때도 크리스마스에는

그날 하루 전쟁을 멈추고 캐롤을 듣고

적과 아군의 구분 없이 음식을 나누어 먹었다고 해요.

어디선가 이 얘기를 보고 읽으면서 많이 울었어요.

할 수 있어요, 우리.

전쟁을 하루 멈출 수 있다면 영원히 멈출 수도 있는 힘,

우리에게 있다고 믿어요.

남과 북, 러시아와 우크라이나, 이스라엘과 팔레스타인.

함께 동행계약서를 쓰는 날부터,

작게는 나 자신과 동행계약서를 쓰는 날까지.

저도 기도하고 함께할게요.

"저는 왕으로는 못 삽니다!"

　몇 년 전부터 김제동과어깨동무 회원과 봉사자들에게 '경주 역사 나들이' 안내를 무료로 하고 있는데, 오신 분들이 재미있어 하시고 좋아하시더라고요. 그래서 나중에 기회가 되면 제가 사는 서울에서도 역사 기행을 해 보고 싶다는 생각을 했어요.

　틈틈이 역사 공부도 하고 유홍준 전 문화재청장님이 쓴 책과 방송도 보다 보니 경복궁이 조선의 법궁法宮이더라고요. 한 나라의 왕이 거처하는, 궁궐 중에서도 으뜸인 궁인 거죠.

　경복궁은 궁궐 그 자체로도 매력이 있지만 제가 좋아하는 세종

대왕이 가장 오래 머무르셨던 곳이자 곳곳에 재미있는 이야기들이 얽혀 있어서 조선시대 이야기꾼 '강담사講談師'와 '전기수傳奇叟'의 후예인 저로서는 더 관심이 가더라고요. 그래서 지인들과 후배들에게 임금의 길인 '광화문 월대'에서 고종과 명성황후가 머물던 '건청궁'까지 몇 차례 경복궁 주변 안내를 해줬더니 저보고 전공이 뭐냐고 물어보더라고요. 워낙 잘하니까. (웃음) 잘 모르시겠지만 제 전공이 관광학과거든요. 딱이죠! (웃음)

　　제가 글 쓰는 작업실도 광화문 근처니까 집에서 밥하고 빨래하고 청소 다 해 놓고 시간이 될 때 글 좀 쓰다가 경복궁 앞에서 어슬렁어슬렁 걷거든요. 그러다가 서너 명 모여 있으면 "혹시 안내 받으실 생각 있으세요?" 물어보고 관심이 있다고 하면 안내를 해 볼까 생각 중이에요. 외국인들한테는 외국어로 해설하고요.
　　왜요, 못할 것 같아요?
　　저, 할 수 있어요! (웃음)

앱솔루틀리Absolutely!
오비어슬리Obviously!
못 알아들으시면 본인들만 답답하죠, 뭐.

그렇게 경복궁 근처에서 있다가 밥 한 그릇 먹고 오후에 또 한 팀 더 하는 거예요. 그런 다음 집에 가서 탄이 산책시키고 함께 쉬는 거죠. 그런 일정들을 짜 볼까 싶습니다. 제가 가진 재능이 누군가에게 기쁨이 된다면 저도 기쁠 것 같아요. 그리고 재밌을 거 같지 않나요? (웃음)

경복궁 안내하려고 책을 읽고 자료를 찾다가 아주 놀라운 사실을 발견했습니다. 우리는 조선왕조 때 당연히 왕들이 최고 권력자라고 생각하잖아요. 그런데 사관들이 일거수일투족을 다 기록하기 때문에 그들도 견제받고 감시받았더라고요.

《조선왕조실록》에 기록해 놓은 거 읽어 보면

왕들이 어떻게 살았을지 모르겠어요.

여러분, 한번 생각해 보세요.

아침에 눈을 딱 뜨자마자 누가 와서

여러분 표정만 계속 기록합니다.

그것도 가까운 거리에서.

또 다른 한 명은 계속 나의 말과 소리만 기록합니다.

그래서 나중에 이걸 합칩니다.

말하자면 이 비디오와 오디오를 합쳐서 만들어낸 책이

《조선왕조실록》입니다.

거기다가 다른 기록들도 합칩니다. 사관들이 계속 옆에서 기록합니다. 그래서 왕이 가는 데는 어디든 사관이 따라다닙니다. 그 근처 어딘가에서 사관이 왕의 움직임을 계속 적는 거예요. 근데 왕은 그 내용을 절대로 볼 수 없습니다. 왕이 자기에 대한 기록을 절대로 못 봐요. 죽은 후에야 편찬됩니다. 가끔 자기에 대한 기록을 보려는 시도도 있었고, 연산군 같은 예외도 있었지만, 그건 어디까지나 예외라고 할 수 있죠.

한번 상상해 보세요. 그러니까 나를 어떻게 기록했는지를 나는 모르는데 누군가 계속 적는다고 생각하면 어떨까요. 태종 이방원 있죠? 그분은 무인 기질이 있으니까 사냥을 엄청 좋아하는데 어느 날 사냥을 하다가 말에서 떨어진 거예요. 싸움 잘하는 걸로 유명한 분 아닙니까? 그때 기분이 어땠겠어요?

여러분도 한번 생각해 보세요. 자동차 운전 잘하는 사람이 집 앞에서 후진하다가 박은 거예요. 그럼 어떨까요? 좀 부끄럽겠죠. 태종이 말 타고 달리다가, 실록의 표현에 의하면 노루를 잡으려고 활시위를 당기다가 말에서 떨어졌습니다.

태종이 말에서 떨어지자마자 뭐라고 했는지 아십니까?

"사관이 보았는가? 사관이 못 보았다면 알지 못하도록 하라."

근데 그걸 나무 옆에서 사관이 듣고 있었습니다.

듣고는 그걸 그대로 적어 놨습니다.

"말에서 떨어져서 크게 다치진 않았으나

사관에게 적지 말라고 하셨다."

이 말까지 다 적은 거예요.

덕분에 우리가 지금 이 이야기를 다 아는 거 아닙니까?

그러고 보면 조선시대 왕들이 지금 우리가 선출직으로 뽑아 놓은 국회의원들이나 대통령보다도 훨씬 더 견제받고 살았다는 걸 알 수 있습니다. 그리고 그걸 허용했습니다. 조선시대 왕조차도 두려워했던 견제 장치를 오늘날 선출직 권한들이 무력화해서는 안 된다고 생각합니다.

"다음부터 너는 내 사냥에 따라다닐 수 없다.

내 말 뒤에 오지 마라!"

"나한테 좋은 얘기만 적은 사관만 데리고 가겠다."

이렇게 하지 않았습니다.

그래야 나라의 기틀을 세울 수 있다고

조선은 믿었습니다.

삐침

조선시대 왕들은 견제받았을 뿐만 아니라 정조는 격쟁擊錚을 시행했습니다. 격쟁이란 그러니까, 신문고申聞鼓가 형식상의 제도가 된 뒤 이를 대신하여 일반 백성들이 임금이 행차하는 길가에 나가 꽹과리와 징을 울려 억울함을 하소연하는 거예요. 그게 당시에 거의 유명무실해졌는데 정조는 시행했다고 합니다.

지나가다가 "꽹" 소리를 들으면
왕이 행차 행렬을 세우고 억울한 사정을 묻습니다.
"무슨 일이냐?"
이렇게 물어보고 백성이 진짜 억울한 일을 당해
하소연하면, 대기하고 있던 관리가
이를 받아 적었다고 해요.
그렇게 3,000건 넘는 민원을 처리했다고
기록에 나오는데, 이걸 보고는 제가….
휴, 저는 왕으로 뽑아 줘도 그렇게는 못 삽니다!

여러분, 제가 하는 이야기는 연도나 왕의 이름, 숫자 등은 정확하게 맞지 않을 수 있습니다. 그래서 함께 공부하셔야 합니다. 그리고 정확한 건 누구한테? 유홍준 전 문화재청장님에게 배우시고, 저와는 이런 이야기를 그냥 함께 나눈다 생각하시면 되겠습니다.

공부하시다가 혹시 제가 잘못 알고 있거나 틀리게 말한 것이 있으면 알려 주세요. 그게 공부의 진짜 재미죠! (웃음)

제주 동백 이야기

평지의 꽃
느긋하게 피고
벼랑의 꽃
쫓기듯
늘 먼저 핀다.

어느 생이든
내 마음은
늘 먼저 베인다.
베인 자리 아물면
내가 다시 벤다.

—이산하, 〈생은 아물지 않는다〉

저는 이 시를 보면 제주 동백꽃이 떠올라요.

제주 4·3 항쟁 희생자를 기리고 상징하는 꽃이 동백이잖아요.

영혼들이 붉은 동백처럼 차가운 땅으로 스러져 갔다는 의미라고 합니다.

2019년, 제가 〈오늘밤 김제동〉 방송할 때라서 기억해요. 그때 당시 국방부 차관이 서울에 마련된 제주 4·3 항쟁 추모 공간을 방문해 유가족들에게 이렇게 말했던 거 기억합니다.

"진상규명을 위한 정부의 노력에 적극 동참할 것이고요. 무고한 희생에 대해 사과의 마음을 분명히 갖고 있다는 말씀을 드립니다."

국방부가 4·3 항쟁 발생 71년 만에 사죄한 거죠.

그런데 재심을 맡았던 변호사님에 따르면

안타깝게도 그 사죄도 공식적인 것이 아니었다고 해요.

당시 국방부가 낸 '공식' 입장문에는 '사죄'라는 단어가 없었던 거죠.

유족들이 항의하자, 국방부 차관이 유가족들을 찾아와서

비공식적으로 사과한 거라고 하더라고요.

그리고 얼마 지나지 않아 4·3 항쟁 과정에서 오랫동안 누명을 쓰셨다가 재심 끝에 70여 년 만에 무죄가 선고되는 판결들도 나왔어요. 너무 늦었지만 열여덟 분의 제주도 할머니, 할아버지가 국가기관에 의해 공식적으로 사죄받고 명예를 회복하신 거예요.

그때 제가 제작진과 상의해서 생방송 중에 그분들 이름을 한 자한 자 다 불러드렸습니다.

"○○○ 무죄."
"○○○ 무죄."

그분들의 이름을 불러드릴 때 저는 되게 감동하고 울컥했는데
정작 그 할머니, 할아버지들은 좀 무덤덤하셨대요.
나중에 여쭤봤더니 연세가 있으셔서 잘 들리지 않았대요.
그래서 다시 글로, 마음으로 나라의 마음을 전합니다.
글자 크게 키워서요.

"어멍, 아방! 죄 없으시대요. 폭삭 속았수다."

언제나 반가운 손님처럼

평소 인사하고 지내던 혜연이가 가방을 메고 펑펑 울면서 그냥 지나가길래 걱정되어 지켜보다가 눈이 마주쳤어요. 그랬더니 저를 보고 더 우는 거예요.

처음에는 "왜 우니?"라고 물어보려다가 주저앉아 계속 울길래 저도 그냥 옆에 가만히 앉아 있었어요. 저도 갑자기 눈물이 나대요. 같이 울었어요.

한참 그러고 있었나 봐요. 저는 아무것도 안 물었는데 "아저씨!" 하고 갑자기 얘기를 해요. 남자친구랑 헤어졌대요. 가슴이 찢어집니다. 그런데 사람들이 그 나이 때 헤어지는 일은 별거 아니라고 그랬다는 거예요.

아니, 어떻게 별 게 아닙니까. 세상이 끝난 것 같은 마음인데. 그렇잖아요? 그 친구와의 기억이 온통 가득한데.

만약 제가 "너 이제 겨우 열여덟 살이야, 앞으로 얼마든지 더 좋은 사람 만날 가능성이 있고, 지금 걔랑 헤어진 거 나중에는 기억도 안 나"라고 하면 도움이 될까요? 안 됩니다.

"시간이 해결해 줄 거야."

그럼 도움이 될까요? 아니요. 듣는 입장에서 어떤 생각이 들까요? 제 경험으로는 '시간이 안 간다.' '하루가 10년 같다.' 그런 생각이 들 것 같아요.

"더 좋은 사람 만날 거야." 이런 말 들으면 무슨 생각이 들겠습니까? '걔가 제일 좋은 사람이었는데.' 이런 생각이 들지 않겠어요?

아무 말도 위로가 안 돼요. 이럴 때는 입을 꾹 다물고 있어야 해요. 그래서 저도 옆에서 입 다물고 그냥 계속 울었어요. 그랬더니 저한테 물어요.

"근데 아저씨는 왜 울어요?"

조금 마음이 놓였어요. 이제 자기 슬픔에서 벗어나서 다른 사람이 눈에 들어오기 시작했다는 거거든요.

그래서 제가 대답했죠.

"우는 사람한테 왜 우냐고 묻는 거 아니다."

이렇게 말했어요.

"실수했네요, 제가." (웃음)

이렇게 말하더니 이제 가야 한대요.

그래서 "어디 가니?"라고 물어보려다 참았어요. 갈 데가 있으니까 간다고 그랬겠죠. "그래" 하고 가만히 있었더니 "저 수학 학원에 가야 해요" 하더라고요.

학생이 학원에 간다는 건 무슨 뜻일까요?

일상을 수행한다는 겁니다. 좋은 신호죠.

실연당해서 엄청 슬픈데도 학원을 간다는 건

슬픔에서 좀 벗어났다는 얘기잖아요.

그래서 걱정하던 마음을 좀 내려놨던 기억이 나요.

그 학생이 6개월 있다가 새로운 남친 생겼다고

저한테 자랑하더라고요.

"아이고, 봐라. 내 그럴 줄 알았대!"

그때도 이런 얘기 안 했어요.

그냥 함께 웃었어요.

자랑하면 그냥 들어주고, 울면 옆에 앉아 있어 주고,

상대가 신경 쓰인다고 하면 조용히 일어나서 가면 돼요.

저기요!

제가 토크콘서트를 할 때 보면 공연 맨 앞줄에 앉으셔서 들어오자마자 울기 시작해서 마치고 나갈 때까지 우는 관객을 본 적이 있어요. 제가 너무 공연을 잘해서일까요? 물론 그래서일 수도 있겠죠. (웃음) 그런데 그분은 그냥 그날이 슬픈 날인지도 모르잖아요. 그래서 누가 울 때 "왜 우니?" 이렇게 물어보는 거 별로 좋은 방법이 아니라고 생각해요. 오히려 누군가 울 때는 옆에 앉아서 같이 울어 주는 게 더 좋은 거 아닐까 싶어요.

저도 사랑하는 사람과 헤어진 날, 몇날 며칠 몇 달을 정신을 못 차리고 울었던 적이 있습니다. 그때 제가 가장 많이 들었던 말이 "이제 그만 울 때도 되지 않았냐, 정신 차려라"였습니다.

"삼천리강산에 흔하게 있는 일인데, 왜 너만 유난을 떠냐"라는 말도 들었고요, "더 좋은 사람 만날 거야"라는 말도 빠지지 않고 들었습니다. "시간이 약이다"라는 말에 종교 의식처럼 매달려도 봤지만 당시 제게는 공허하게 들릴 뿐이었어요.

아니, 어쩌면 다 맞는 말일 겁니다. 또 실연당한 저를 생각해서 하는 말이라는 것도 잘 압니다. 그런데 이상하게 맞는 말들도 힘든 시간을 보내고 있는 당사자에게는 화살이 되어 박히기도 합니다. 생각과 사고를 바꿔야 할 때는 날카로운 충고와 조언이 도움이 될 수 있겠지만, 감정적으로 힘들 때는 그 날카로운 말이 오히려 독이 되기도 하니까요.

사랑하는 사람과 헤어졌을 때 저에게

가장 큰 힘이 되고 위로가 되었던 말은
"너 그 사람 정말 좋아했구나"라는
인정의 말이었습니다.
그때 제가 한 사람을 사랑했던 마음이 가짜가 아니라
진짜였으니까 이렇게 아프고 힘든 것이라고,
누군가 제 마음을 진심으로 알아줄 때
제게는 가장 큰 위로가 되었습니다.

마음이 힘들 때 내 말을 고요하게 귀 기울여 들어주고, 시간을 함께 보내 주는 것만큼 큰 위로와 위안이 되는 것도 없는 것 같습니다. 아무 말 없이 밤새 내 이야기 다 들어주고 울다 지쳐 잠든 내 옆에 함께 잠들어 있는 친구를 보면 그 존재 자체로도 힘이 될 때가 있잖아요.

다들 시간이 지나면 잊힌다고 할 때,
그 시간 속 하룻밤을 같이 보내 주었기 때문일 겁니다.
결코 끝날 것 같지 않던 시간 중 하룻밤 덕분에
다른 날도 괜찮을 거라는 믿음을 보여 주었기 때문일 겁니다.

이렇게 한 사람이 다른 한 사람의 마음을 알아주는 일은 사람을 살립니다. 누군가 단 한 사람이라도 자기 마음을 알아주면 견딜 수

"사랑으로 맞아 주렴.
우리는 모두가 외로우니까.
따뜻하게 반겨 주렴.
언제라도 반가운 손님처럼."

─ 정태춘, 박은옥의 〈손님〉 중에서

있는 힘이 생기고, 그 힘으로 자신의 마음을 바라볼 수 있으니까요. 우리 모두에게 그런 힘이 있다고 저는 믿습니다.

살면서 마음이 힘들 때, 그 감정과 마음을 알아주는 사람을 만나는 것은 따뜻하고 반가운 일입니다. 그런 순간들이 여러분에게 더 자주, 더 많이 일어나면 좋겠습니다.

요즘 제가 듣는 음악 중에 이런 노래 가사가 있습니다.

"사랑으로 맞아 주렴. 우리는 모두가 외로우니까.

따뜻하게 반겨 주렴. 언제라도 반가운 손님처럼."

정태춘과 박은옥의 〈손님〉이라는 곡의 가사입니다.

태어난 우리 모두가 외로운 존재라는 사실을 알게 되면, 그래서 사랑으로 맞아 주고, 따뜻하게 반겨 준다면 어쩌면 우리는 더 이상 외롭지 않을지도 모르겠습니다.

기쁨도, 슬픔도, 외로움도, 쓸쓸함도 모두 반가운 손님처럼 우리 마음속에서 잘 쉬었다 갈 수 있게 잠시 시간을 내어 주면 어떨까요? 나쁜 감정은 세상에 없으니까요. 다 이유가 있는 거니까요. 다 옳은 거니까요. 우리 마음은 수십 겹, 수천 겹이니까요.

지금 이 순간, 이 글을 읽고 계신 여러분 마음에, 감정에, 깊고 다정한 안부를 전합니다.

3일만 기다려 주세요

아이들과 만나는 자리는 거의 무료라고 소문이 났나 봐요. 가끔 그 시간에 어른들이 더 많이 오시는 경우도 있어요. (웃음) 얼마 전에 간 고등학교에서도 그랬어요.

그날 오신 고등학생 학부모님들에게 웃으며 이런 이야기를 한 적 있습니다.

제가 첫 조카하고 여덟 살밖에 차이가 안 나요.

큰조카가 지금 마흔한 살이거든요.

우리 큰누나는 이제 칠순을 바라보고 있고요.

그 조카가 고등학생 때 "학교 가기 싫다"고 해서

제가 "가지 마라"고 했어요.

또 조카가 "자고 싶다"고 해서 "그래, 자라"고 했어요. (웃음)

그럼 얘가 학교 안 가고 잘까요? 아뇨, 제 조카는 갔어요. (웃음)

혹시라도 고등학생 자녀가 있으신 분들은 진짜 시도해 보셔도 좋습니다. 학교 가기 싫다고 하면 이렇게 말해 보세요.

"그래, 가지 마라. 자자. 나도 너 보내려고 힘들었다. 선생님한테 니가 전화해라. 나도 귀찮다."

그렇게 3일만 잡아 보세요. 애가 몰래 학교에 갑니다. 몰래 가는 건 진짜 빨리 갑니다. (웃음) 그리고 안 깨워도 알아서 잘 일어납니다. 3일간 그렇게 했는데 애가 계속 잠만 자면 어떡하냐고요? 재워야죠. 계속 잘 때는 다 이유가 있겠죠. 그리고 우리 인생 길잖아요. 3일 잔다고 큰일 일어나지 않습니다.

저는 그렇게 생각합니다. (웃음)

제가 1년에 한 번씩 절에 가서 4박 5일 동안 단식하면서 명상합니다. 40분 동안 앉아 있고요. 약 20분 동안 묵언하면서 포행布行합니다. 그러니까 천천히 걸어다닙니다.

하루 있으면 미칩니다. 40분 앉아 있기도 힘들어요. 그걸 하루에 여러 번 정도 합니다. 머무는 동안 내내 묵언하는데, 저녁 강의 시간에만 스님이 얘기합니다. 그 시간에 스님이 뭐라 그러셨나 하면 이렇게 얘기했습니다.

"여러분, 사회에 있을 때 소원이 손도 까딱 안 하는 거 아니었습니까?

더 격렬하게 쉬고 싶어 하지 않았나요?

그래서 정말 손도 까딱 안 하게 하고 가만히 있게 했는데,

왜 이렇게 힘들어 하세요?"

모두 조용히 웃었어요.

진짜로 가만히 있는 건 생각보다 굉장히 힘듭니다.

어쩌면 아이들은 내 힘든 마음을 좀 봐주라는 신호를 다양한 소리와 빛깔로 보내고 있는지도 모릅니다. 좀 봐줍시다.

마냥 예쁘고 귀여운 남의 아이 보듯이!

기대 좀 낮추고.

근데 저도 제 새끼 생기면 어떨지 모르겠습니다.

'안 생긴다'에 한 표!!!

"왜 저한테 물어요?"

지금 할 얘기도 학부모님들이 요청한 대화였습니다. 학교 다니는 아이가 없어서 나름 여유가 있는 저와 그냥 한번 웃으며 이야기하자고 만난 모임이었어요. (웃음)

제가 중고등학교 가서 아이들 만나면

가장 많이 하는 말이 뭔 줄 아십니까?

"엄마 아빠 말 잘 들어라."

"공부해라."

아이들에게 이렇게 말합니다.

안 믿어지죠? 진짜입니다.

어른들, 저한테 고마워해야 합니다. (웃음)

잔소리와 조언의 차이점이 뭘까요? 잔소리를 들으면 기분이 별로 안 좋고 조언을 들으면 도움이 될 때도 있지만, 오히려 기분이 더 안 좋아지기도 합니다. 그래서 둘 다 안 하는 게 좋다는 게 제 생각입니다. 그런데 "잔소리나 조언을 하지 마라"고 다른 사람이 얘기하면 그것 또한 잔소리와 조언이 됩니다. 그냥 자신의 이야기를 할 뿐이죠.

그래서 아이들 만나면 제가 이렇게 말합니다.
"엄마 아빠 말, 그냥 들어주세요.
어른들이 외로워서 그래요.
내 딸, 내 아들 아니면 들어줄 사람이
주위에 없는 거예요." (웃음)

그리고 아이들에게 이렇게 말해 줍니다.

"오늘부터 집에 가거든 실제로 그렇게 하지 않더라도 엄마 아빠가 '2시간 수학 공부해라'라고 말하면 이렇게 대답하는 거예요. '무슨 얘기예요. 엄마 아빠는 진짜 큰일이에요. 수학 2시간 해서 될 일이 아니에요. 시험 얼마 안 남았어요. 국어까지 하고 잘 거라고요. 엄마 아빠, 제발 사태를 좀 파악하고 얘기하세요, 정말!'"

이걸 예수님께서는 뭐라 그러셨습니까?

"오리를 가자면 십리를 가줘라!"

이거는 무조건 다 해주라고 하는 게 아니고, 자기 인생에서 수인이 되라는 겁니다. 그 순간부터 공부의 주인은 엄마 아빠가 아니라 내가 됩니다. 그래서 누군가의 요구보다 더 해주는 사람이 협상하거나 살아가는 데도 유리합니다. (웃음)

저는 아이들하고 얘기할 때는 항상 즐겁습니다. 왜 즐거울까요? 아마 애 키우느라 고생하시는 부모님들과 달리 저는 잠깐 보니까 그럴 겁니다.

그런데 저도 제 애 낳아 키우다 보면 기대하게 될지도 모르죠. 공부도 좀 잘해야 하고, 꼴찌 하면 큰일나고. (웃음)

"내가 너한테 언제 전교 1등 하라고 그랬냐? 중간은 해야 할 것 아니냐?"

이렇게 얘기할지도 모릅니다.

그러면 제 아이는 이런 말을 하겠죠.

"이상하다. 남들을 항상 행복하게 해주는 사람이 되라고 아빠가 그러지 않았나? 내가 반에서 꼴찌를 했으면 내 위에 있는 애들은 내가 다 행복하게 해준 거 아닌가? 왜 아빠는 말이 자주 바뀌어?"

그러면 저도 엄청 혈압이 오르고 짜증날 것 같아요. (웃음)

제가 어렸을 때 저희 어머니 친구는 저보고 다 괜찮다고 그랬어요.

"아이고, 얼굴도 그만하면 됐다. 아이고, 공부도 그만하면 됐다. 아이고, 야는 뭐 입 델 게 없다."

그걸 떠올리며 저도 '우리 애 말 잘하니 나 닮았구나! 괜찮다. 그만하면 됐다' 하며 옆집아이 보듯 기대를 내려놓고, 제 혈압을 다스려야겠죠? (웃음)

그런데 제가 이렇게 맨날 애들 편드는 이유는 간단합니다.
애들은 투표권이 없어서 발언권이 적습니다.
그래서 마이크 든 제가 좀 편드는 겁니다.

그런데 여기서 제가 하는 모든 얘기는 들으셨다시피 삼촌의 입장입니다. 그러니 이런 이야기할 수 있죠. 고생 많은 부모님들 그저 한번 웃으시라고 드리는 말씀이에요. 저는 아마 지금 아이 키우라고 하면 못 키울 겁니다.

저는 잠깐 보니 아이들의 좋은 점만 보이는 거겠죠.
시시각각 변하는 아이들을 품에 안고, 보듬고, 키워온
여러분을 향한 깊은 존경과 고마움이
제가 드리는 말의 진심이고 바탕입니다.
여러분, 애 키우느라 애쓰셨어요!

근데 왜 아이 없는 저에게 자꾸 학부모님들이 아이와의 고민을 묻는 거예요?

자랑하시는 거죠?

흑흑!

삐침

"반사!"

살다 보면 자다가도 속에서 뭔가 올라올 때가 있습니다.

생각하면 할수록 화가 날 때 있잖아요. 그게 사람을 미치게 합니다. 잊어버려야지 했는데 설거지하다가도 욱하고, 자다가도 벌떡 일어나게 하는 일들이 있습니다.

**저는 '그때 참았어야 했는데' 하는 것보다
'그때 내가 나의 존엄을 위해
들고 일어났어야 하는데'
하는 마음이 훨씬 오래가더라고요.**

제가 요즘 불교 경전을 읽고 있는데, 부처님 당시 이런 일화가 나오더라고요.

어느 날 부처님이 걸식을 하러 가셨대요. 밥을 얻어서 드셨잖아요. 차제 걸식次第 乞食이라고 해서 부잣집, 가난한 집을 가리지 않고 일곱 집을 순서대로 쭉 돌면서 탁발을 합니다. 이렇게 걸식해서 한 끼만 드시는 거예요. 그런데 마을에 가뭄이 들거나 나라가 아주 가난할 때는 걸식조차도 하지 않았다고 해요.

부처님 당시 탁발을 할 때는 일곱 집을 가면서 그 집에서 주는 대로 먹게 돼 있었다고 해요. 일곱 집을 차례대로 갔는데도 음식을 주지 않으면 그냥 돌아오는 거예요. 그런 날은 굶으셨대요.(배고프셨겠다.)

어느 날은 브라만의 집, 요즘으로 치면 부잣집을 가게 됐는데,

그 사람이 부처님에게 심한 욕을 했대요.

"너는 사지 멀쩡한 놈이 맨날 이렇게 돌아다니면서 얻어먹고 살 거냐?"

그런데 이 말을 듣고도 부처님은 빙긋이 웃을 뿐이었어요.

"넌 이렇게 욕을 먹고도 기분이 안 나쁘냐?"

이 질문에 그제야 부처님이 이렇게 말씀하세요.

"집에 손님이 와서 당신에게 선물을 주었는데, 당신이 안 받았어요.

그럼 그 선물은 누구 겁니까?"

"내가 안 받으면 그 손님 거지."

그랬더니 부처님이 다시 이렇게 말씀하세요.

"맞습니다. 욕을 많이 하셨는데, 제가 안 받으면 그 욕은 누구 겁니까?"

그랬더니 그 사람이 말문이 탁 막혔어요.

그걸 요즘 말로 하면 뭘까요?

'반사反射'입니다.

보통 우리는 누가 나에게 욕을 하면 본능적으로 "야, 우씨" 하고 화를 내거나 같이 욕을 합니다. 그런데 그러고 나면 기분이 종일 안 좋죠. 그처럼 누가 내 욕을 할 때 '그건 그 사람 생각이고, 그 사람 사정이지' 하고 분리가 잘 안 돼요. 그냥 부정적인 생각 속으로 막 같이 끌려 들어가요.

물론 제 수준이 부처님처럼 될 순 없지만 욕하는 사람의 그 분노 에너지, 그 감정 쓰레기를 받아 두면 나만 너무 괴롭고, 나만 손해 잖아요. 결국 나를 화나게 하는 사람에게 끌려 들어가지 않고 아무 말 없이 빙긋이 웃으시던 부처님의 그 모습이야말로 진짜 자존이 고 독립이 아닐까 생각해 봤어요.

그건 그렇고, 부처님께 욕했던 부자는 나중에 어떻게 되었을까 요? 경전에 따르면 부처님의 설법을 듣고 깨달은 바가 있어서 부 처님 따라서 출가했다고 해요. 그 부자도 참 대단하지요?

상대가 나한테 막 화를 내는 경우 들어주어야 할 때도 있겠지만 이유 없이 화를 낼 때는 그 화를 다 받아 줄 필요 없다고 생각합니다. 남들이 던지는 쓰레기 더미를 내가 받아서 간직할 필요가 없잖아요. 예를 들어, 누가 나한테 "야, 이 개의 베이비야!" 이렇게 욕을 했다면 그건 그 사람 생각이고, 그 사람 사정이죠. 그 사람이 마법사가 아니라는 걸 빨리 알면 됩니다. 상대가 나를 '개의 베이비'라고 욕한다고 내가 그런 존재가 되는 건 아니니까요. (웃음)

제가 뭐 하면 악플이 몇 천 개씩 달릴 때가 있습니다.

어떻게 견디느냐고요? 안 봅니다. 그러면 꼭 친한 친구들이 그걸 보내줘요. 걘 친구도 아니에요. (웃음) 그거 가지고 자꾸 곱씹으면서 살면 내 마음만 괴롭습니다. 우리 그럴 필요 없잖아요. 그래서 저도 그들의 말과 의견이 나를 규정지을 수 없다는 걸 기억하려고 노력합니다.

흑흑

화를 좀 덜 내면,
화나는 일이 줄어들면 누가 제일 좋을까요?
자기에게 제일 좋습니다.
드라마를 잘 보세요.
보면 보통 막 욕을 하는 사람이 죽나요?
욕을 먹는 사람이 죽나요?
욕 하는 사람이 뒷목을 잡고 죽어요.
"용서치 않으리라!"

이렇게 말하면서 뒤로 넘어갑니다.
보통 화내는 사람이 혈압이 올라가요. (웃음)

전에 어디서 들은 이야기인데, 어느 부족에는 특별한 전통이 있대요. 밖에 나갔다 집에 들어갈 때 왼쪽 어깨를 세 번 털고요. 오른쪽 어깨를 세 번 털고요. 그리고 제자리에서 세 번 뛰고요. 그런 다음에 집에 들어간대요. 그래서 물어봤어요.

"종교 의식입니까?"

그랬더니 그건 아니래요.

"왼쪽 어깨에 붙어 있던 내가 미워하던 사람을 털어내고, 오른쪽 어깨에 내가 죽이고 싶은 인간들을 털어내고, 내 몸에 붙어 있었던 모든 원망과 분노를 털어내고, 집에 들어갈 때는 나 혼자 들어가서 쉬겠다는 의미예요. 내가 만약 그 사람들을 집에 데리고 들어가면 내가 그 인간들하고 함께 자는 거 아니겠습니까."

그 사람이 들려준 얘기가 되게 와 닿았어요. 사실 그렇잖아요. 내가 제일 미워하는 사람을 그날 저녁까지 생각하고 잠들면 내가 누구와 자는 걸까요? 내가 제일 미워하는 인간하고 옆에 있는 거잖아요. 그래서 저는 살다 보면 마음의 상처를 입는 일이 있더라도 누군가를 미워하면 내가 훨씬 더 괴로우니까 그런 인간들을 내 마음속에 오래 잡아 두지 않으려고 합니다. 난 악플 단 사람들하고 함께 잠들기 싫거든요!

욕하는 사람에게 부처님이
"주신 선물, 저는 받을 생각이 없습니다"라고
말씀하신 것처럼 누가 욕하거든 우리도
반사시켜서 그들에게 돌려주자고요.

만약에 오늘 집에 들어가기 전에

힘든 일이 있거나 좀 털어내고 싶은 일이 있다면

집 앞에서 탁탁 털어내고 들어가세요.

저는 그게 도움이 되더라고요.

이렇게 말하면서도 악플을 보면 저는 뒷목을 잡으며 말해요.

"용서치 않으리래!" (웃음)

반사!

5

"촌스러워서 고마워요!"

촌스러움과 학력에 대하여

　오래전에 제가 어르신들과 하루 동안 함께 지내는 〈산넘고 물건너〉라는 프로그램을 진행한 적이 있습니다. 지금까지 가장 기억에 남는 게 가만히 앉아 어른들 말씀을 듣고, 제대로 된 밥을 먹을 수 있었던 거예요. 무엇보다 좋았던 것은 그분들의 잔잔한 일상에 저희가 재밌는 이야깃거리를 제공해 드릴 수 있었다는 거예요.

**저희가 가면 동네에서 잔치를 하세요.
그분들은 방송국에서 가기 한 달 전부터 즐거워하시고,
촬영하고 간 다음 또 한 달 동안 이야깃거리로 삼으시죠.
저는 그것만으로도 보람 있었습니다.**

그분들이 우리가 태어나고 자란 농촌과 어촌, 산촌을 지키고 있습니다. 여전히 길에 떨어진 곡식 낟알조차 소중히 주워 올리고, 나물을 캐고, 바지런히 몸을 움직이며 살아가시죠. 누구보다 정직하게 자기 몸 움직여 먹고살아야 떳떳하다는 사실을 몸소 보여 주십니다. 또 낡고 오래되어 보잘것없어 보이는 물건에서도 새삼 애정과 쓸모를 발견하여 허투루 내버리지 않는 모습에서 저는 '촌스러움의 아름다움'을 목격할 수 있었습니다.

그런데 언제부턴가 촌스럽다는 말이 변질된 것 같아요.
참 아름다운 말인데, 우리가 그 단어를 함부로 쓰고 있지는 않은지
한 번쯤 함께 생각해 보면 좋겠습니다.
이제라도 '촌村스럽다'라는 말에 새롭게 빛나는 뜻을 더해 주고 싶습니다.
따뜻한 사랑이 넘치는 농촌, 어촌, 산촌에 사시는 분들을 칭하는
촌스럽다는 뜻이 '부담스럽지 않고 편안하다', '친근하다' 하는
새로운 뜻으로 사전에 등록될 수 있었으면 좋겠습니다.

학력이란 말도 그 의미가 좀 바뀌면 좋겠습니다.
저희 어머니, 초등학교 졸업하셨습니다. 졸업했다고 주장하시는데, 제가 봤을 때 졸업 못 하셨습니다. 제가 찾아봤는데, 집안 어디에도 졸업장이 없어요. 제 짐작인데 안 나오신 것 같아요. (웃음)

학교에서 받은 표창장도 없어요. 그런데 저희 어머니는 분명히 졸업했다고 주장합니다. 혹시 나중에 문제가 되면 사과하실 겁니다. (웃음)

이런 우리 어머니, 나라 망친 적이 없습니다. 우리 누나 다섯 명, 전부 다 공부 많이 해보지도 못하고 공장으로 갔습니다. 하나뿐인 남동생 뒷바라지하면서도, 스스로의 힘으로 세상을 우뚝 살아갔습니다.

저는 그런 누나들이 늘 자랑스럽고 존경스럽습니다.

우리나라 의병들 글 못 배웠던 분들 많습니다.
당시 양반들이 한글조차도
"저 무지렁이한테 가르쳐서 뭘 할 거냐?"라고 얘기해서요.
그런데 못 배웠던 그분들이 임진왜란 당시
임금도 도망가고 신하도 다 도망갔을 때
곡괭이하고 호미 들고 싸웠습니다.

지금까지 학력은 어느 학교를 다녔다는 이력 아닙니까. 학력이 배울 학學자와 이력 력歷자를 씁니다. 그래서 이 사람이 어느 학교를 나왔느냐를 보는 걸 학력이라고 이야기합니다. 그런데 저는 이보다 배울 학學, 힘 력力의 학력에 더 마음이 끌립니다. 진짜 학력은 배우고 싶은 마음이어야 한다고 생각합니다. 배우고 싶은 힘이

어야 하고요. 그러면 학교는 어떤 곳이어야 할까요? 배우는 곳이어야 합니다. 가르치는 곳이 아니라 내가 배우고 싶은 것을 가르쳐 주는 곳이어야 한다고 생각합니다.

**우리 할머니 할아버지들이 평생 배우고 싶어하던
글을 가르친 '칠곡늘배움학교' 같은 곳.
저는 그런 곳이 명문학교라고 생각합니다.**

철부지

어느 책에서 보니까 철부지란 말이
때와 계절을 알지 못한다는
'절부지節不知'에서 왔다고 하더라고요.
예전에 농사가 삶의 기반이던 시절에는 때를 놓치면
1년을 망치기에 우리 조상들은
철을 아는 것을 중요하게 생각했다고 해요.

봄 여름 가을 겨울,
때에 맞춰 씨앗을 뿌리고,
잡초를 제거하고,
거름을 주고,

제때 거두는 일은 농부들에게 중요한 삶의 지혜였겠지요.

우리 선조들은 대부분 언제 씨 뿌려야 하는지 알고,

언제 수확해야 하는지 알았죠.

또 언제 밥해야 하는지 알고,

언제 불 때야 하는지 알았죠.

그걸 철들었다고 하는 거죠.

자연의 철이 온몸에 깊숙이 드는 것이죠.

인간은 언제 철이 드는 걸까요? 저는 제가 마흔이 되면 철이 들고 좀 달라질 줄 알았습니다. 젊은 날의 저는 마흔이 되면 지금보다 훨씬 더 지혜롭고 감정 통제도 잘할 거라고 생각했어요. 마흔이 되기만 하면 어떤 마법에 걸린 것처럼 저절로 인생을 알게 되고, 다른 사람들에게 더 관대해지고, 무엇보다 이성에 대해 가슴 뛰는 것이 다 사라질 거라고 생각했습니다.

그러나 마흔이 한참 지난 지금까지도 저는 그때랑 달라진 게 많지 않은 것 같아요. 여전히 이성을 보면 가슴이 설레고, 무시당하면 발끈하고, 아이들과 이야기하고 노는 것을 좋아합니다. (웃음)

저는 어머니하고 사이가 안 좋다가 마흔 넘어서야 좋아졌습니다. 저희 어머니가 마흔 넘어서부터 혼자 육 남매를 데리고 사셨어요. 어렸을 때는 왜 그렇게 어머니에게 서운한 일들이 많았을까요? 그런데 제가 마흔이 딱 돼 보니까 어머니도 내 어머니이기 전에 한 여자라는 걸 알게 되었어요. 그것을 이해하고 나니까 비로소 원망은 사라지고 감사한 마음이 생겼어요.

마흔 살밖에 안 된 여자가 애들 하나, 둘, 셋, 넷, 다섯, 여섯을 혼자 키울 때 말 못 할 사연이 얼마나 많았을까요? 나 같으면 못 키웠어요. 그래서 저희 어머니한테 요즘 효도하기 시작했습니다. 효도가 다른 거 아니에요. 어머니 말대로 하느냐? 그렇지는 않아요. 그냥 어머니 얘기를 들어주는 거예요.

옛날에는 "장가 안 가나?" 그러면 "엄마, 내가 지금 나이가 몇 살인데 아직도 그런 얘기를 하고 있어, 하여튼." 이렇게 얘기했어요. 그런데 이렇게 말하면 하루 종일 마음이 안 좋더라고요. 나중에 가만히 생각해 보니까 어머니가 제게 하시는 말씀이 똑같아요.

"내 말 좀 들어라!"

그래서 제가 요즘에 다 들어드립니다. 무조건 들어요. 그리고 무조건 "예!" 합니다.

그거 못 해드릴 게 없잖아요. 이렇게 앞에서는 잘 들어드리고 돌아서서 내 길 갑니다.

명절에도 갔더니 "장가가라!" 그러길래 "예!" 하고 대답하고 일어나서 나왔습니다. 그랬더니 저희 어머니

가 "어디 가니?" 하셔서 "장가가려면 나가야 하지 않겠습니까?"
"앉아라. 이놈의 새끼야!" 그래서 "예!" 하고 앉았습니다.

저녁 밥 먹고 밖에 나가려는데 "명절인데 오래 나가 있지 말고
일찍 들어와라!" 하셔서 "예, 그럼요. 어머니!" 하고 잘 대답하고
나가서 새벽 4시에 들어왔습니다.

제가 스무 살 넘은 성인이잖아요. 제 인생을 살아야죠.

"일찍 들어온다매?"

"죄송합니다. 어머니."

그러고 잤어요. 별일이 없습니다. (웃음)

어느 날 제가 법륜 스님하고 친하다는 게 기사에 났어요. 교회
권사님이신 저희 어머니가 난리가 났어요.

"이놈의 새끼, 스님하고 자꾸 돌아다닐 거야!"

예전 같았으면 제가 말대꾸하고 화냈을 거예요. 요즘엔 안 그래
요. 대신 이렇게 말씀드렸어요.

"엄마, 제가 다 계획이 있습니다. 스님을 전도할 생각입니다."

"그래? 그럼 스님을 니가 전도해라."

그 이후로 아무 말씀이 없으세요. (웃음)

얼마 전에는 제가 아침에 108배 한다는 걸 들으시고는 "이놈의
새끼, 그만해라"라고 하세요. 예전 같으면 "내가 108배를 하든지

말든지!" 하고 대꾸했을 거예요. 그런데 이제 저도 대응법이 좀 달라졌어요.

"네, 어머니! 108배 대신 109배 하겠습니다."

이렇게 말씀드렸더니 그건 괜찮다고 하세요. (웃음)

제가 3년 전부터 아침마다 일어나서 109배를 합니다.
하는 데 20분 정도 걸리는데
그때는 온전히 제 시간입니다.
하다 보면 온갖 생각이 다 올라옵니다.
'내게 이런 생각이 드는구나!'
'빨리 끝나라!'
하지만 몸이 숙여지는 만큼 마음도 같이 숙여지나 봐요.
이 방법 괜찮더라고요. 쓰실 분들은 쓰세요,
저작권료 없어요. (웃음)

나는 누군가? 여긴 어디?

남의 시선

남의 시선에서 완전히 자유로울 수 있는 사람이 있을까요? 저는 없다고 생각해요. 저는 연예인이 되고 나서 더 남의 시선을 의식했던 것 같아요. 눈을 뜨면 '사람들이 나를 어떻게 생각할까?' 저는 저도 모르게 그런 생각이 들더라고요. 그러다 보니 자칫 삶의 주도권을 잃게 되더라고요. 내 삶을 다른 사람 손에 쥐어 주게 돼요.

다행히 저는 심리 상담도 받고 법륜 스님 말씀을 듣고 많이 자유로워졌어요. 여전히 조심스럽긴 하지만 과거에 비하면 엄청 차이가 있어요. 다른 사람들의 자유를 인정해야 한다는 걸 알았으니까요. 사람들이 나를 두고 간섭하고 침해하는 것들에 대해서는 경계를 명확히 할 필요가 있지만, 타인이 어떤 생각을 하든 그건 그들의 자유라는 걸요. 모든 사람이 저를 좋아할 수도 없고, 그럴 필요도 없고, 그걸 바라는 건 욕심이라는 걸요. 제 경우는 서로의 자유를 존중해 주면 힘든 일이 덜 생기더라고요.

저는 자기 경계가 확실한 사람만이
다른 사람의 경계를 침범하지 않는다고 생각해요.
그래서 국가 간에도 국경이 있는 것이고
개인 간에도 경계가 있는 것이죠.
그런데 가끔 경계를 넘는 질문을 너무 많이 합니다.

"너는 언제 돈 벌 거니?"

"언제 결혼할 거니?"

저는 그럼 늘 대답해요. 결혼은 아침 6시 반쯤 할 거라고, 남들 깨기 전에 당신 모르게 할 거니 걱정하지 말라고 얘기해요.

또 길거리 지나가면 알아보는데 따라오지 않는 정도, 저는 그 정도 인기가 딱 좋아요. 굉장히 편합니다.

"어, 혹시?" 하고 긴가민가하면 그 옆에 있는 애가 "가자!" 하는 정도요.

그런데 제가 만약에 '옛날처럼 TV에 많이 나와야 되겠다'

'인기가 더 있어야 할 텐데'

이렇게 자꾸 고민하면 누구 손해일까요? 제 손해죠.

그러니까 기준을 어떻게 두느냐가 굉장히 중요한 것 같아요.

근데 TV에 자주 나오고 싶긴 해요!

저를 모르는 아이들이 너무 많아서요! (웃음)

가짜 뉴스, 어떻게 판별할까요?

"아저씨, 가짜 뉴스는 어떻게 구별해요?"

어떤 학생이 이렇게 질문해서 저도 잘 모르지만 제가 아는 선에서 이렇게 대답했습니다.

'이 사람은 왜 이런 기사를 썼을까?' 하는 생각으로 봐야 하고,

그다음에 '이걸 보면서 나는 왜 이런 생각을 할까?' 하고

자기 마음도 한 번 돌아봐야 하는 것 같아요.

진짜 뉴스, 가짜 뉴스를 판별하는 것은

그런 다음에 할 수 있다고 저는 생각합니다.

책도 마찬가지라고 생각해요.

'이 사람은 왜 이런 말을 하게 되었을까?'

이렇게 궁금해하며 적극적으로 읽는 순간 자기가 주인이 되고, 그때부터 '진짜 읽기'가 시작되는 것 같아요. 그래서 저는 같은 책을 세 번은 읽습니다. 한 번은 문장을 읽고, 두 번째는 그 책을 쓴 저자의 시대와 역사와 배경을 알고 난 다음에 왜 이런 말을 했을까를 생각하며 다시 읽습니다. 세 번째는 그 책을 읽는 나 자신을 생각하며 읽습니다.

'나는 왜 이런 생각을 하는 것일까?'
'나는 왜 이 대목이 좋을까?'
'나는 왜 이 대목이 싫을까?'

저는 이렇게 세 번 읽으려고 노력합니다. 근데 가짜 뉴스를 구별하는 데 더 좋은 방법은 가끔 인터넷을 쉬는 거더라고요. (웃음)

질문한 학생과 함께 웃었습니다.

뜨개질

어느 병원에서 와 달라고 해서 간 적이 있어요. 들어가는 무대
입구 게시판에 이런 질문들이 적혀 있더라고요.

"간호사법에 대해서 어떻게 생각합니까?"
저도 잘 모릅니다.
그래도 질문했으니 대답은 해야 하잖아요.
그래서 이렇게 말했어요.
"제가 간호사법에 대해서는 잘 모르지만 다만 한 가지
간호사분들이 행복했으면 좋겠습니다.
왜냐하면 제 건강하고 직결돼서 그렇습니다.

**예를 들어 건강검진 받으려고 병원에 갈 때
간호사들이 너무 지치고 힘들면
제 혈관을 몇 번씩이나 찌를 수도 있잖아요.
팔뚝에 고무줄을 묶을 때부터 공포에 시달립니다."**

제가 간호사법은 잘 모르지만 이렇게 다 이어져 있습니다. (웃음)
또 이런 질문도 있었어요.

"제동씨는 어떤 방식으로 단체의 의견을 표현하는 게 좋다고 생
각하나요?"

**"제가 가장 해보고 싶은 건 뜨개질 모임 같은 거예요.
광화문 광장 같은 데 2,000명이 모여 뜨개질 모임을 하면 진짜 무섭습니다.
2,000명이 조용히 뜨개질 하는데,
그중 1,000명은 안뜨기 하고요.
나머지 1,000명은 바깥뜨기 하고요.
40분쯤 있다가 원하는 구호 한 번 외치는 거죠."
'약속을 실천하라!' 이렇게요.**

여러분 2,000명이 조용히 앉아서 뜨개질 하면 이게 얼마나 무섭
겠어요? (웃음) 그렇게 2시간 정도 지나고 뜨개질로 만든 문구가
완성이 되면 조용히 집에 가는 거죠.

또 하나 해보고 싶은 건 장발 모임이에요. 다들 장발로 있다가 머리카락을 동시에 쓰윽 쓸어 올리면 하고 싶은 말이 쫙 보이는 거예요. 누가 읽으려고 하면 재빨리 덮고요. 왜냐하면 읽으려고 할 때 가려야 더 궁금하고 보고 싶잖아요.

이렇게 저는 의견 표현도 좀 유쾌하게, 참여하는 분들도 즐겁게 하셨으면 좋겠어요. 장시간 앉아 있고 이런 거 자체가 힘겹고 고생스럽잖아요.

돌려 돌려 말하느라 애쓰는 거 느낀 분들 있으시죠? (웃음) 휴~!!

6

"덕분입니다!"

내가 아는 무지출 소비

"야. 오늘은 누구한테 돈 오는 날이고?"
무슨 영화 속 대사처럼 들리지만,
이 말은 저와 친구들이 대구 대명동의 계명전문대학교
(현 계명문화대학교) 계단에 앉아서
제일 많이 하던 말입니다.
자취하는 아이들이 워낙 많았고,
모두 학생이니 돈은 없었습니다.

그런 우리에게 경삿날이란 고향에서 부모님이 용돈을 보내 주시는 때였죠. 주머니 사정이 넉넉한 시기가 다 달랐는데, 누가 일하고 언제가 돈 들어오는 날인지를 서로가 훤히 꿰고 있었어요.

영천에서 올라와 대구에서 누나들과 단칸방 생활을 하던 저는 몸으로 때웠습니다. 방학 때는 아스팔트 까는 일을 하고, 저녁에는 주유소에서 일했습니다.

상주, 영천, 성주 등 지역의 특산물 출하시기도 알아야 합니다. 그런 정보력 정도는 갖추어야 곶감을 출하할 때는 상주 사는 친구 집에, 사과를 낼 때는 영천 사는 친구 자취방에, 참외를 낼 때는 성주 사는 친구 자취방에 미리 가서 자리를 잡을 수 있었지요.

밥과 술은 거의 선배들에게 얻어먹었습니다. 지금 생각해 보면 영화 〈기생충〉을 미리 찍었다고 해도 과언이 아닐 정도로 많이 얻어먹었습니다. (웃음) 선배들도 학생이니 돈이 없기는 매한가지였지만, 우리는 끈질기게 따라다녔습니다. 그래도 저는 양심은 조금 있어서 술자리에서 안주는 거의 안 먹었습니다. 그게 버릇이 되어서 지금까지도 술 마실 때 안주를 거의 안 먹습니다.

함께 지낸 사람들이 다 고만고만한 처지라서 더 좋았습니다.
없이 살았어도 크게 꿀리지 않았고, 적어도 밥걱정은 안 했습니다.
더 좋은 거 먹고 싶다는 생각도 크게 없었습니다.
함께 먹으면 그게 제일 맛있었으니까요.

누군가 돈이 생기면 그걸로 일단 밥부터 해결하는 걸 당연하게 생각했고, 그 돈 냈다고 어깨에 힘주지도 않았습니다. 가끔 데이트 하려고 돈을 조금이라도 모을라치면, 친한 친구 두 명은 기가 막히게 돈 냄새를 맡고는 마치 제가 횡령이라도 한 듯이 추궁하고 비난 했습니다.

제가 당시에 데이트했다는 사실을 안 믿을까 봐
친구들 실명을 밝힙니다.
'성민철'과 '박영보'입니다. (웃음)
그런 날 저녁에는 어쩔 수 없이 '그 인간들'
고기를 사주어야 합니다.
웬수 같던 친구들 입으로 들어가는
상추쌈이 지금도 눈에 선합니다. (웃음)

그때를 저는 '무지출 소비시대'로 기억합니다. 좀 거창한가요? 지금 생각해 보면 정말 얼마 안 되는 지출을 하고 엄청나게 많은 것들을 선배와 친구들로부터 받았습니다.

제가 그들에게 받아서 누린 수많은 기쁨과 행복과 추억을 떠올리면, 실제로는 무지출에 가깝다고 할 수 있습니다. 염치없이 받기만 했던 시간으로 기억합니다. 데이트를 못 가게 막은 두 친구 빼고요. 그 둘에게는 저도 많은 것을 지출했습니다. 앞으로도 그런 날들이 많으면 좋겠습니다.

알게 모르게 우리는 모두
서로에게 기대어 살고 있습니다.

사회에 첫발을 내디디는 자립 청년들에게 밥솥과 이부자리와 김치를 보내는 일을 다른 분들과 계획하고 있습니다. 여러 사람이 뜻을 모아 마련한 자리에서 한 분이 이렇게 말합니다.

"가진 돈은 많지 않지만 이런 곳에 쓰는 돈은 아깝지 않아요. 지금까지 저도 알게 모르게 받아 왔으니까요."

가계부의 소비 항목에 아주 자랑스럽게
'기부금'이라고 적었다고 했습니다.
제일 큰 지출 내역이지만 지출하지 않은 것 같은
기분이 든다고 해서 함께 한참을 웃었습니다.
이게 제가 아는 '무지출 소비'입니다.

얼마 전에는 함께 봉사 활동을 하던 친구들과 튀르키예에 전달할 구호 물품 때문에 인천 국제공항 물류센터에 다녀왔습니다. 그때 거기에 왔던 한 봉사자가 역에서 내려 택시를 타고 오면서 겪은 일을 전해 주었습니다. 기사님이 어디 가냐고 묻기에 지진 때문에 힘든 튀르키예에 전달할 구호 물품을 실으러 간다고 했더니, 자신도 마음을 보태고 싶다며 택시 요금을 한사코 받지 않으셨다는 겁니다. 이 이야기를 듣고 한참을 생각했습니다.

고물가 시대에 먹는 것과 입는 것을 줄이고 난방비를 아끼기 위해 유리창마다 뽁뽁이를 붙여 두고 혹한기 겨울을 지나온 우리.

짠내 나는 삶이지만 우리 주변에 좋은 분들이 너무나 많습니다.

우리는 '덕분에' 삽니다.

빵과 노트북

　　2006년 MBC 〈느낌표〉 출연료를 모아 1억 원을 기부한 것을 시작으로 지금까지 몇십억 정도 기부를 한 것 같아요. 사실 정확한 금액은 저도 잘 모르겠어요. (웃음) 이 금액도 기사에 나온 내용을 보고 그런가 보다 하는 거죠. 사실은 다른 사람 돕는 일이 아니고 또 다른 나를 돕는 일인데. 그런 거 하면 내가 제일 좋잖아요.

'남을 돕는 일이 곧 나를 돕는 일이다.
이런 걸 알고 실천하시는 분들이
진짜 현명하게 사시는 분들이다.'

　　저는 요즘 이런 생각합니다. 그래서 사단법인 김제동과어깨동무를 만들 때 종잣돈으로 1억 원을 내놓았고, 지금까지 쓴 책에서 나온 인세 대부분을 기부했어요. 이런 건 자랑해도 되잖아요? (웃음)

얼마 전에는 책 인세와 회원분들의 후원으로 아이들에게 노트북 114대, 태블릿 PC 25대를 전달했고요.

중고 제품을 구하면 더 많이 보낼 수 있겠지만

제가 새 것으로 보내자고 했어요.

아이들에게는 상표, 브랜드 그런 게 중요하잖아요.

사실 어른들은 중고 써도 되고 떨어진 옷 입어도 되거든요.

그렇잖아요.

그런데 제 경험에도 어릴 때는

상표 크고 좋은 게 좀 있어야 할 때도 있더라고요.

"살아 보니까 그런 거 필요 없더라." 이런 말 하지 말고요.

아이들에겐 그런 게 중요할 때가 있으니까요.

제가 아르바이트로 고2 때부터 아스팔트 가루 치우는 일도 했습니다. 도로 가에 보면 콘크리트 배수관이 있는데, 그 관 안에 들어가서 낙엽을 꺼내는 것도 제 일이었습니다.

그때 같이 일하던 분 중에 지금의 제 나이 정도 되는 어른이 있었어요. 팔에 문신도 있고, 좀 무섭게 생겼던 것 같아요. 지금이야 문신을 유행처럼 하기도 하지만 그때 제 눈엔 무서워 보였어요. 고등학교 2학년 때니까 밥 먹고 돌아서면 또 배고플 나이잖아요.

그때 늘 아침 9시쯤 되면 참을 주거든요. 한 달 내내 보통 빵하고 우유를 주는데, 자기 몫을 말없이 저한테 주시는 거예요.

'저 아저씨 혹시 우유를 못 드시나?'

'밀가루를 먹으면 설사를 하나?'

'이거 못 먹어서 날 주나?'

당시엔 이렇게 생각했어요.

그렇게 한 달 내내 자기 빵을 제게 주어서 별 생각 없이 받아먹다가

언젠가 그 근처를 지나갔는데

그때 그 아저씨가 우유와 빵을 드시는 걸 봤어요.

그제야 알았어요. 못 먹는 게 아니라

그냥 저한테 준 거예요. 양보한 거죠.

그런데 "너 더 먹어!" 이렇게 말하고 주는 것도 아니고요, 그냥 말없이 빵을 쑥 건네주시곤 했거든요.

제가 그때 "아저씨 잡수이소" 하고 말했더니 "쓰읍!" 하고 말아요. 뭔지 알죠? 이게 그냥 저 먹으라는, 말없는 말이에요.

그래서 그때 제가 우유 두 개하고 빵 두 개를 다 먹었거든요. 잊고 지내다가도 가끔 생각나요. 제가 그분 다시 만나지는 못했지만 그분이 제게 해주신 것처럼 우리 아이들에게 갚아야겠다고 생각했

어요. 아이들에게 전달한 노트북과 태블릿 PC, 이거는 제가 할 수 있었던 거니까요. 저의 빵과 우유라고 할 수 있어요.

혹시라도 책 읽다가 박수 치지 마세요. 그러면 이 책 인세도….

안 돼요!!

할머니가 찔러주신 2만 원

얼마 전에 제기 소형 굴착기 면허증을 땄어요. 봉사 활동을 하다 보면 굴착기와 지게차를 운전해야 할 일이 많아서요. 아직 지게차 면허증은 못 땄는데, 이제 도전하려고요. (웃음)

저희가 김제동과어깨동무를 만들 때 목표를 이렇게 잡았습니다.

"우리를 돕는 사람들을 돕자.
경찰관, 소방관, 병원에서 근무하시는 분들,
군인들, 그 다음에 청소해 주시는 분들,
그러니까 우리를 돕는 사람들을 돕자."

좀 넓히면 누가 있을까요? 엄마 아빠도 있겠네요. 엄마에게도 엄마가 필요하고 아빠에게도 아빠가 필요하죠. 그런데 우리 그런 걸 잘 못 느끼고 지나갈 때가 많잖아요. 엄마 아빠에게도, 간호사와 복지사에게도 또 자식들 키우시느라 애쓰신 할머니 할아버지에게도 다정한 한 사람이 필요하다는 사실을요. 내가 울지 않아도, 말하지 않아도, 다 알아주는 사람, 가장 든든한 내 편이!

제가 김제동과어깨동무라는 사단법인을 만들어서 8년째 하고 있는데요, 지난해 겨울이 오기 전 포항에 봉사 활동을 나갔어요. 연탄 1,000장 정도 날랐거든요. 샤워해도 몸에서 연탄 가루가 나오더라고요. 그런데 즐겁습니다.

그날 어느 할머니 댁에 연탄을 넣고 나오는데 할머님이 저희를 따라 나오시면서 주머니에 뭘 찔러주시는 거예요. 보니까 꼬깃꼬깃한 돈 2만 원이에요.

받았어요. 안 받으면 할머니께서 서운해하실 테니까요.
손에 꼭 쥐여 주신 돈을 가지고 근처 슈퍼에 가서 간식을 샀습니다.
함께 나눠 먹은 간식 정말 맛있었습니다.

집으로 돌아와 양말을 벗으니 발과 발가락 사이에 온통 연탄가루네요. 쭈그리고 앉아 씻으면서 오늘 함께 온 아이들과 커플들과 눈빛 선하고 웃음 높은 사람들도 모두 이렇게 씻겠구나, 싶었습니다. 따뜻한 물 한 바가지 같은 마음 정성스레 발등과 발바닥에 얹어 드리고 싶었어요.

빨래를 돌리고, 밥을 백미 쾌속으로 해 놓습니다. 배가 무지 고팠거든요.

된장찌개 남은 거에 소면 삶아 같이 휘휘 두르고 갓 지은 밥 함께 넣고, 참기름 좀 둘러서, 조미김가루랑 김치랑 먹으면 기가 막히죠.

증기가 배출된다는 예쁘고 기쁜 음성이 들리네요.

밥 먹으러 갑니다.

우리 다 오늘 애썼네요.
별들이 많아 마음이 꽃밭 같은 꿈꾸세요.
토요일인데….
다들 노실 수도 있겠구나!
나만 일찍 잘 수도 있겠구나!
안 돼! (웃음)

삐침

아빠 찬스

저희 어머니는 1시간짜리 드라마를 보고 5시간 정도 그 이야기를 하세요. (웃음) 그 정도면 작가 못지않으시죠. 돌아가신 분치고 천재 아닌 분, 전설 없는 분 없지만 저희 아버지도 그렇습니다. 엉덩이 쪽에 북두칠성 점이 있었다고 합니다. 뭐, 몽고반점이었을 가능성이 높죠. (웃음)

**저희 어머니가 들려주시는
돌아가신 아버지 이야기는 거의 위인전인데,
어머니가 이야기 만들어내는 능력이
대단하시다는 거예요. (웃음)
거기에 일말의 진실이 있다면**

신문 기사 읽는 거 좋아하셨고,
동네에서 천재 소리 좀 들으셨다고 해요.

저희 아버지는 제가 태어나서 100일 되기 전에 돌아가셨거든요. 슬퍼요. 하지만 저희 아버지, 훌륭하신 분이에요. 저는 아빠 찬스 써서 여기까지 온 거예요, 정말로. 잔소리 한 번도 안 하셨거든요. (웃음)

어릴 때는 싸우면서 큰다고 하는데, 애들이 싸울 때 서로 못되게 굴 때도 있잖아요. 그죠? 잘 모르니까. 그래서 싸우다가 애들이 저한테 딱 했던 말이 그거였어요.

"니는 아빠 없잖아."

그래서 제가 뭐라 그랬는지 아세요? 일곱 살 때?

"그래가 나는 아빠한테 안 맞잖아."

걔가 고개를 끄덕끄덕하면서 돌아갔던 기억이 나요. 지금은 둘이 웃으며 그 이야기해요. (웃음)

저희 아버지는 저를 때리신 적도 없고, "일찍 들어와라" "공부 잘해라" 잔소리 하신 적 없어요. 예수님, 부처님이 지금까지 인기가 있는 이유가 뭘까요? 2천 년 동안 한마디도 안 하셔서 그렇습니다. 그냥 공감해 주고, 오로지 들어주셨어요. 그래서 좋은 분들 아닌가요? 제 생각이에요. (웃음)

저는 그래서 우리 아빠 존경하고 보고 싶습니다. 온갖 비난과 욕을 들어서 억울할 때, 괜히 쓸쓸할 때 아빠 품에 안겨서 서럽게 울고 싶을 만큼 저는 우리 아빠 좋아합니다.

슬플 때, 우울할 때, 외로울 때, 술잔이 하나만 있을 때,
좋아하는 사람에게 어떻게 고백해야 하냐고
물어볼 사람이 있으면 좋겠다 싶을 때,
저도 아빠 찬스 쓰고 싶어요.

광대

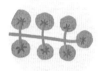

    곰곰이 생각해 보니 저는 사람들이 웃는 걸 보는 게 좋아요. 하지만 저는 별로 안 웃어요. 다만 상대방이 웃으면 기쁩니다. 이런 직업을 가질 수 있게 돼서 한없이 좋고요.

    그런데 그것과는 별개로 사실 좀 외로운 직업입니다. 예를 들어 제가 공연할 때의 모습을 생각해 보면 아실 거예요. 공연하는 사람은 그 공간 안에서 유일하게 다른 방향을 봅니다. 대신 그 공간 안에서 유일하게 사람들이 볼 수 없는 장면을 봅니다. 여러분을 보는 거죠.

    외로운 일이긴 하지만, 누가 어디를 가든 그곳을 좋게 만들면 그것이 제일 멋진 일이라고 생각해요. 그러니까 내가 가는 그곳이 행복해지는 거. 그러니까 나도 좋고 너도 좋은 거. 그래서 저는 제 직업을 좋아합니다. 나도 웃고 여러분들도 웃잖아요.

가끔 지치고 외롭고 슬플 때도 있지만
사람을 웃게 만드는 제 일이 자랑스럽고 기쁘기도 해요.
어울리지 않는 슬픔과 기쁨을 동시에 어우르는
광대의 분장처럼
때때로 혼란스러울 때 있지만
저는 앞으로도 타고난 제 결대로,
광대로 살고 싶어요.

자존

"저는 친구들이 저 욕하면 못 참고 싸우는데, 나중엔 좀 후회되기도 했어요. 참아야 할까요?"

학교에 가면 가끔 이렇게 묻는 아이들이 있어요. 그동안 얼마나 힘들었으면 처음 본 제게 이렇게 물을까 싶어 마음이 아팠어요. 그래서 이렇게 대답해 줬습니다.

"아저씨도 누가 내 욕하면 못 참습니다. 무조건 참아서도 안 되고요. 그런데 만약 내가 잘못한 게 없는데도 상대가 괴롭힌다면, 다른 측면에서 이것은 어쩌면 우리가 강하다는 것을 의미할 수도 있습니다. 우리의 존재와 힘이 상대에게 영향을 준다는 거니까요."

이때 인간적 존엄을 훼손하려는 것들에 대해 스스로를 지키고 함께 싸우는 일이 진짜 자존이라고 생각해요.

"무릇 사람은 반드시 스스로 업신여긴 후에 남이 업신여긴다."

맹자가 한 말이라고 하는데, 세상에 엄청난 경쟁률을 뚫고 온 나에 대한 존중이 있어야 스스로에 대한 멱살잡이를 멈출 수 있을 것 같아요. 가끔 자신에게 눈을 흘기고 삐칠 수는 있어도, 자기 목을 누르고 흔드는 일을 저는 하지 않으려 해요.

어디 가도 기죽지 맙시다. 남에게 '갑질'을 해서도 안 되지만 기죽을 필요도 없다고 생각해요. 내 자리 채우고 살면 됩니다. 세상에서 N분의 1로 자기 역할을 다 하면 되고요. 내가 나에게 최대한 친절하면 되고요. 그러고 난 다음에 여력이 있으면 다른 사람을 좀 도와주면 됩니다. 모든 사람을 도울 필요도 없고요.

모든 사람을 행복하게 해줄 필요도 없어요. 그저 내 자리에서 나에게 다정하게 살다가 힘이 남으면 다른 사람 좀 지켜봐 주면 된다, 저는 그렇게 생각합니다.

내 첫 번째 생각을 들어주는 사람.

그리고 나의 첫 번째 지지자가 되어 주는 사람이 항상 내가 되면,

그래서 나에게 끝없이 다정한 사람이 되면,

저는 그게 자존이라고 생각해요.

'아, 너무 손발이 오그라드는 얘기 아니야?'
이렇게 생각할 수 있는데요. 저는 사람은 그렇게 해야 살 수 있다고 생각합니다. 그리고 끊임없이 공주처럼, 또 왕자처럼 우리 살기로 해요.

왕자병, 공주병은 안 되지만
다른 사람들에게 비밀로 하고 우리를 왕자와 공주로 여깁시다.
그렇게 남들에게 비밀로 하고
우리 스스로를 귀한 사람으로 대접해 줍시다.
남에게 강요하지는 말고. 그럴 필요 없으니까.
드라마에서 왕자, 공주가 신분을 감추고 주막에 가듯이 느긋하게. (웃음)

우리가 우리를 괜찮은 사람으로 대우해 주자고요. 남에게 나를 높은 사람으로 대우해 달라는 건 무슨 뜻일까요? 그들의 대우가 없으면 우리가 온전한 사람이 되지 못한다는 얘기밖에 안 되잖아요. (속상해!) 그래서 다른 사람의 대우와 관계없이 우리에게 괜찮은, 최상의 대우를 해줬으면 좋겠습니다. 그런 깊은 자긍심을 가지고 있어야 합니다. 다른 것들이 우리에게 상처 주는 일을 최대한 줄이자는 겁니다.

한때 레크레이션 강사를 '겜돌이'라고 부르던 시절이 있었습니다. 200명 정도 모인 새내기 환영회 사회를 보러 갔는데 과대표가 "오늘의 겜돌이를 소개하겠습니다"라고 했습니다. 안 나갔습니다. 당황한 과대표에게 겜돌이 찾아오시라, 난 사회자로 왔다고 했어요. 그랬더니 "오늘의 사회자를 소개하겠다"라고 말을 고쳤습니다. 그래도 안 나갔습니다. '사회사'라고 부르라고 했습니다. 썰렁한 분위기 속에 마침내 올라가서 사과를 드리고 "지금부터 제가 겜돌이와 사회사의 차이를 보여 드리겠습니다" 하고는 정말 혼신의 힘을 다해 휘몰아쳤습니다. 몇 명은 웃다가 토했습니다. (웃음) "아, 제발! 그만!" 비명도 지르고요. 1시간 예정이던 행사를 2시간 반 정도 진행한 다음 이렇게 말했습니다.

"앞으로 여러분이 어떤 직업을 갖든
그 직업이 어떻게 불릴 것인지는
우리의 태도가 결정한다고 생각합니다.
어떤 직업도 비하하지 마시고
남의 직업을 함부로 재단하여 부르지 마십시오.
소명의식을 갖고 일하는 사람들이 있습니다."

그러고는 큰절을 하고 내려왔습니다. 물론 과대표가 저를 모욕하려고 그러지 않았다는 걸 압니다. '사회사'란 말이 무리란 것도 알고요. 레크리에이션 강사 시절, 대구 법원 앞에 즐비한 변호사 사무실을 후배들과 보면서 "내가 반드시 저기 '사회사 김제동 사무실'을 내고 만다"고 했습니다. 한 사람의 죄를 변호하고 구제하는 것도 위대하지만 우린 천 명, 만 명을 웃기는 사람들인데 저 정도 할 수 있지 않느냐고….

**무당의 작두, 택시 기사의 운전대,
설거지하는 어머니의 수세미, 판사의 망치,
목수의 망치 안에는
모두 신성神聖이 담겨 있다고 생각합니다.
저에게는 그것이 마이크입니다.**

내가 누군지도 잘 모르는 중고등학교 학생들에게 가서

이렇게 말할 수 있는 사람 저밖에 없어요. (웃음)

"나는 사회자로서나 개그맨으로서 재능을 타고났다.

전 세계 아무도 나처럼 못한다."

그러면 의문을 품는 사람도 있을 거예요.

'전 세계에 한두 명쯤은 있지 않을까?'

'그래도 미국이나 영국에 한 명쯤은 있지 않을까?'

그렇게 사람이 많이 살지만 못합니다. 저만큼 못해요.

일단 우리말을 못합니다. 그래서 우리나라에서 저밖에 없어요.

유재석 형이 할 수 있을까요? 못 해요. 바빠요. 오고 싶어도 못 옵니다.

지금 현생하는 인류 중에서 제가 제일 잘해요. (웃음)

이걸 자존自尊이라고 합니다. (웃음)

이것이 누구하고 비교하는 말일까요? 아니요.

"재석이 형은 그쪽을 잘하고, 나는 이걸 제일 잘한다."

세상에 내가 제일 잘하는 게 하나는 있다고 스스로를 인정하는

겁니다. 제가 생각하는 자존입니다.

여러분의 자존을 깊이 응원해요!

가을에게

가을입니다.

천지가

오롯이 물듭니다.

한 나뭇잎도 놓치지 않고 안부를 전한 가을을 보며,

참 고맙다 싶습니다.

그러니 난들 당신인들 가을이 주시는 축복에서

빠지려야 빠질 수 없겠지요.

살아가는 모두가 좋은 날들이기를.

이젠 온 산의 나무들에게

"안녕, 잘 재!"

이렇게 인사를 건네야 할 때인 것 같아요.

그러면서 고맙고 감사해!
매일매일 다른 색들과
살랑살랑 리듬을 타는 모습으로
나와 모든 사람에게 기쁨을 주어서 고마워!
내년에도 잘 부탁해!

김제동 초등학교 VS 김제 동초등학교

요즘 중고등학교에 가면

아이들이 많이 물어보는 질문 중 하나가 돈 얘기예요.

"아저씨는 돈 얼마 버세요?"

"돈 제일 많이 벌었을 때 어떤 기분이었어요?"

전국에 있는 어느 학교에 가든 나오는 질문입니다. 왜 이런 질문이 나올까요? 뉴스에서 어른들이 그런 얘기 하는 것을 많이 들어서 그런 것 같습니다. 아이들 입장에서는 돈 많이 벌면 어떤 기분이 드는지 궁금할 수 있어요. 당황스럽지만 아이들에게 솔직하게 답합니다.

저는 서른 살에 서울 올라와 연예계 생활하면서 돈 많이 벌었고요. 이 돈은 여러분 부모님들이 저를 불러 주고 웃어 줘서 가능했습니다. 물론 저의 탁월한 능력도 있었지요. (웃음) 그래서 돈 벌어서 가끔 무료 강연도 다니고 학교도 지을 수 있게 돼서 좋아요.

다른 연예인들이 얼마 정도 버는지 잘 모르겠지만 제가 한창 벌때는 몇 년 정도 모은 돈으로 미얀마에 학교 4개 건물을 지었습니다. 북한의 어린이들 돕기에도 힘을 보탰어요. 전쟁을 일으키는 어른들은 나쁘지만 북한 아이들은 잘못이 없잖아요. 필리핀, 인도의 아이들도 돕고요.

뭐, 그 외에도 많아요. 찾아봐요. (웃음)

돈 버는 활동 위주로만 움직이다 보면 지칠 수 있거든요. 그래서 1년에 약 50곳 정도 무료 강연을 다녔어요. 저한테 도울 여력이 있을 때 아이들에게 도움이 되는 일을 하고 싶었어요. 그래서 제 마음 편하자고 하는 일이라고 할 수 있어요.

**'이제 내 시간의 일부는 돈을 받지 않고서라도
하고 싶은 일이나 자원봉사 활동을 좀 해보자.
세상에서 받은 은혜를 조금이라도 돌려주자.
그래야 내 인생이 허무해지지 않고
행복하게 살 수 있겠다.'
어느 날 문득 이런 생각이 들었습니다.**

아이들을 만나러 학교에 가는 것은 제가 좋아서 하는 일이기 때문에 그것이 저의 생계 활동에는 포함돼 있지 않지만 기쁘죠. 제가 좋아서 하는 거니까. 그래서 오라고 하면 시간될 때마다 전라도도 가고, 경상도도 가고, 충청도도 가고, 강원도도 가고, 제주도도 갑니다.

돈에 가치를 부여하지 말자는 얘기가 아니에요. 돈 필요합니다. 성인이 되면 일을 해서 삼시세끼를 해결할 수 있어야 하니까요. 고양이도, 토끼도, 다람쥐도 모든 동물은 성체가 되면 자기 먹을 걸 자기가 챙기잖아요. 자기 보금자리를 자기가 만들고요. 적어도 내가 내 몸을 건사할 수 있어야죠.

그 정도가 해결된 다음에는 내가 어떤 것에 가치를 부여하며 사느냐에 따라서 인생이 달라진다고 생각해요. 그렇다고 돈이 중요하지 않다는 것이 아니에요. 다만 요즘 들어 부쩍 이런 생각을 할 때가 많아졌어요.

'때로는 세상에 돈으로 가치를 매길 수 없는 것도 있다. 그런 즐거움도 있다. 그리고 그런 즐거움이 있어야 인간은 행복하게 살 수 있다.'

가끔 이렇게 이야기하는 분들도 있습니다.

한국의 아이들이 미얀마의 아이들에게

"그러면 네가 가진 것 다 줘라."

이렇게 말하는 사람들은 저를 너무 높게 평가하는 거예요. 저를 예수님이나 부처님 같은 위대한 성인聖人으로 보는 거예요. 제가 그 정도 수준은 안 됩니다. (웃음)

아이들을 만나는 자리에는 강연료와 상관없이 가능하면 가려고 합니다. 그냥 제가 가진 재능으로 누군가를 조금이라도 웃게 했으면 좋겠고, 뭔가 조금이라도 갚고 싶어서입니다. 기부를 하고 학교를 짓는 것도 그런 이유 때문이에요.

제가 학교를 지었다고 했더니 어떤 분이 이렇게 물었어요.

"혹시 지은 학교 이름이 '김제동 초등학교예요?"

아닙니다. '김제 동초등학교'가 실제로 있긴 한데, 가끔 사람들이 제가 지은 학교인 줄 착각해요. (웃음) 띄어쓰기 잘해야 합니다.

제가 지은 학교는 미얀마에 있습니다. 전쟁 탓에 부모를 잃은 초중등 아이들을 위해서 기숙사와 학교를 지었고요. 영유아들을 위한 보육 시설까지 있는 학교들에 제가 몇 년에 걸쳐 번 돈을 대부분 보냈습니다. 보육 시설을 추가하고, 그 다음에 기숙사도 지었습니다.

건물을 다 짓고 나서 이름을 붙이잖아요. 그때 학교 이름에 제

이름을 넣겠다고 해서 그러지 말라고 했어요. 그 대신에 학교 짓고
돈 보낸 무렵이 수능 때여서 이렇게 적어 달라고 했습니다.

"한국의 아이들이 미얀마의 아이들에게."
여러분 덕분에 저도 살아가고 있기에
그렇게 했습니다.

7

"외로운 사람 모여라!"

외로움부 장관

　　제가 40대 중반에 마지막 희망을 걸고 연애를 한번 해볼까 했더니 사회적 거리를 두래요. 하필이면, 갑자기. 그래서 혼자 살고 있어요. 혼자 사는 거 나쁘지 않아요. 하지만 솔직히 좋지도 않아요. (웃음)

　　혼자 조용히 있다 보니까 만들고 싶은 단체가 하나 생겼어요.

외로움당~!

　　이런 거 기사화하면 자칫 '김제동 정치 활동 선언' 이렇게 나올 수 있으니 저는 조심해야 합니다. (웃음)

외로운 사람들이 당원인 정당이죠. 좌우 구분 없이 외로운 사람들은 모두 들어올 수 있는 정당이에요. 가입 조건은 없어요. 왜냐하면 이 사람들은 너무 고독하고 다 수줍어서 어차피 가입 못 할 거니까. (웃음)

그래서 어디에 모이라고 했을 때 쭈뼛거리면 다 우리 당 사람으로 알아보면 돼요. 옆에 가서 "혹시 외로움당 당원이세요?" 물으면 "네" 하고 조그맣게 대답하는 거죠.

어른이 된다는 것, 고독하고 외로운 일이잖아요.
저는 그랬어요.

혹시 아십니까?

영국에는 '외로움부 장관' 이라는 게 실제로 있더라고요.

영어로 부서 이름이 'The Minister of Loneliness' 입니다.

찾아보세요. 실제로 있어요.

여러분이 생각하시는 그 외로움입니다.

외로운 사람들을 위한 장관입니다.

우리말로 하면 '외로움부 장관.'

보면서 우리나라에도 생겼으면 좋겠다고 생각했어요.

처음으로 장관 하고 싶었어요. (웃음)

만약 우리나라에 외로움부가 생기면

제가 초대 장관을 해야 하지 않겠습니까?

그 장관 자리는 제가 여야 만장일치로 통과될 거라 자신합니다. (웃음)

실제로 실연당한 지 일주일쯤 됐을 때 제일 좋은 친구는 나보다 더 최근에 헤어진 친구입니다. (웃음) 그 친구와 마음을 나누면서 치유를 받아요. 같이 울어 주는 게 가장 도움이 됩니다. 그게 제일 좋은 겁니다. 그들을 '상처받은 치유자들'이라고 합니다. 그러니 제가 얼마나 나눠 줄 게 많겠습니까? (웃음)

외로움부가 있다는 것 자체로도 좀 위로가 되지 않습니까? 실제로 하는 일이 없더라도 말이죠. '장관이 실제로 하는 일이 없으면 되나?' 이런 생각하지 마세요. 실제로 하는 일이 없는, 그래서 외로운 사람이 없는 사회가 좋잖아요.

이제부터라도 어른 되었다고 괜찮은 척,

외롭지 않은 척했던 나에게 그러지 않아도 괜찮다고,

잘 살았고, 어른 되느라고 애썼다고 말해 주면 좋겠습니다.

우리 사회에는 외롭다거나 이별했다고 말하는 것 자체를 금기시하는 분위기가 있습니다. 옛날부터 힘들고 괴롭고 외롭다고 이야기하는 것을 꺼려했잖아요.

"야, 그런 약한 소리 하지 마. 그런 얘기하지 마."

이렇게 얘기하는데요, 그러면 안 된다고 생각해요. 힘들고 약하고 외롭다고 이야기하는 것 자체가 사실 굉장히 강한 사람만이 할 수 있는 거니까요.

"나 고독해. 외로워!"

외롭다, 슬프다, 괴롭다 이런 얘기를 마음껏 할 수 있는 분위기가 자연스럽게 형성되었으면 좋겠습니다.

이렇게 꺼내 놓는 과정에서 어느 시인의 표현처럼
"집채만 한 고민을 꺼내 놓고
베란다에 하루를 말렸더니
발로 툭툭 차고 놀 만한 크기의 공으로 변했구나!"
이렇게 내 마음을 관조하고 지켜보는 거죠.

그렇게 해서 해결이 되겠나 싶지만 꺼내 놓고 함께 얘기하다 보면 당신 문제를 내가, 내 문제를 당신이 서로 다른 관점에서 보게 된다면 문제가 풀리지 않을까? 그런 생각을 해봅니다.

보통普通 날에

    어느 날 우리가 자주 사용하는 '보통'이라는 단어의 의미가 궁금하더라고요. 찾아보니 보통이라는 단어에서 보普자가 놀랍게도 두루 보자입니다. 통通은 통하다 할 때 통자입니다. 그러니까 '두루 통한다'는 뜻입니다. 두루 통하면 얼마나 좋습니까. 특별한 것들이나 힘 있는 것들을 부러워할 필요가 없습니다.

인간이 생각하는 반드시 따라야 할 상식이

똘똘 뭉쳐 덩어리가 된 것이 바로 '보통'입니다.

예를 들면, 가장 상식적인 선이라고 할 수 있는

빨간 불일 때 건너지 말고, 사람을 때리지 말고,

도움이 필요한 사람 있으면 도와주고,

누가 죽으면 최대한 예의를 표하는 거죠.

그래서 보통, 일상 이런 단어들이 가진 원래 의미를 회복시켜 놓으면 좋겠습니다.

그런 측면에서 남편이 너무 미남이면 건강에 치명적입니다. 보통, 평범한 게 좋습니다. 가슴이 너무 뛰면 건강에 안 좋아요. 지나치게 잘생긴 게 반드시 좋은 게 아니에요. 다 적당해야 합니다. 그래서 예수님께서 "범사에 기뻐하라" 하셨지요. 부처님께서 "평상시 일상의 감정을 유지하라" "일상이 도道다, 호흡을 관찰해라"라고 말씀하셨습니다. 그런 겁니다. 옆에 있는 남편을 잘 보세요. 뛰던 가슴도 진정시켜 주고 얼마나 좋아요. 평온합니다. (웃음)

사람은 일상에서 예측이 가능해야 좋습니다. '소파에 있나?' 싶으면 소파에 있고, '널브러져 있나?' 싶으면 널브러져 있고, 밤에 자다가 '2시인데 들어왔나?' 보면 남편이 안 들어왔어도 다시 자면 될 정도의 편안함, 그런 게 좋다는 거죠.

그런 의미에서 제 얼굴을 떠올려 보시면 보통의 얼굴이죠. 물론 일부 까다로운 사람들은 '너는 보통 이하다!' 속으로 이렇게 생각할 수 있는데요. 그건 그들의 생각이고요. (웃음)

누가 저보고 "잘생겼다 못생겼다" 이래 봐야 제가 그런 말에 휘둘릴 나이도 좀 지났고요. 또 저보고 못생겼다고 생각하면 여러분만 손해이니 되도록 맘을 고쳐먹어 주세요. 여러분 마음만 안 좋다니까요.

이제 전 제가 좋거든요. (웃음)

특별하지 아니하고 흔히 볼 수 있고,
어디에 섞여 있어도 되는 얼굴.
그걸 보통이라고 합니다.
보통으로 생긴 게 나쁜 얼굴이 아니잖아요.
특별한 것들을 끌어내리자 하는 것이 아니고,
보통 사람들의 일상 그리고 보통의 가치를
회복시켜 놓았으면 좋겠습니다.

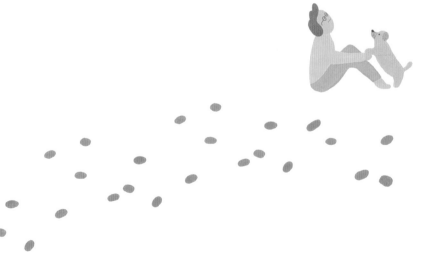

댓글 암호명 '베드로'

제 팬클럽 이름이 '베드로'입니다. 동트기 전에 예수님을 세 번 부인한 베드로처럼, 누가 김제동 팬이냐고 물어보면 세 번 부인한다고 해서 붙은 이름입니다.

다른 팬클럽 회원들은 자기가 좋아하는 연예인을 누가 욕하면 "우리 오빠/언니 건드리지 마세요." 이렇게 말한다는데, 제 팬클럽 회원들은 각자 자기 인생을 삽니다. 마치 얼마 전 탄이가 산에서 멧돼지를 만났을 때 저를 버리고 도망갔을 때처럼 말이에요. 저는 그런 게 건강한 관계라고 생각합니다. (웃음)

거의 독립군처럼 점조직으로 운영됩니다. 지금까지 팬클럽 회장 얼굴과 실명이 공개된 적이 한 번도 없습니다. "회장이 누구야?" 물어보면 거의 옛날 독립군 수준으로 찾기 어렵습니다. (웃음)

현재 베드로는 인터넷에서도 검색이 안 됩니다. 인터넷에서도 철수했어요.

> "이 아저씨 우리가 만나 봤는데 괜찮은 사람이던데."
>
> "우리 오빠, 그런 사람 아니에요."
>
> "우리 형님, 그런 사람 아니에요."
>
> "우리 제동이 그런 사람 아니에요."

이렇게 제 팬들은 적극적으로 악플러들과 싸우지 않습니다. 저도 바라지 않고요. 그래도 가끔씩 저를 욕하는 댓글이 보이거든 이름은 밝히지 말고 그냥 세 글자만 적어 주세요.

혹시라도 인터넷에서 악플이나 이런 게 발견되면 거기 관여하지 마시고, 그냥 그 밑에 조용히 한 마디만 던지세요.

베드로!

그래서 제가 그걸 봤을 때 '아~' 그냥 저 혼자만이라도 '아~' 이렇게 위로받을 수 있게요. 적극적으로 활동을 안 해도 돼요. '베드로' 세 글자만 어디 뜬금없이 한번 적어 줘요. 다른 사람은 몰라도 우리끼리는 보고 웃을 수 있게요.

"우하하하."

베드로!

베드로!

혹시라도 댓글에 '베드로'라고 달리면 분명히 저를 만난 사람들일 거예요. 학교에서, 공연장에서, 산책길에서, 아니면 이 책 읽으셨거나. (웃음)

그리고 행여 길거리에서 저 보면 옆에 와서 이렇게 얘기해 주세요.

"구미 베드로."

"전주 베드로."

"목포 베드로."

"제주 베드로."

서울
베드로!

그러면 제가 위로를 얻을게요. 그럼 다른 사람들은 무슨 내용인지 모를 거 아니에요. (웃음) 제가 조직적인 활동을 바라는 것도 아니에요. 댓글 중에 '베드로'라고 적혀 있으면 '이건 뭐지? 교회 다니는 사람인가?' 다른 사람들이 이렇게 생각할 때 저와 여러분만 알 수 있도록요. 악플 단 사람들은 괜히 두려움에 떨지도 몰라요. 뜬금없이 '베드로'라는 댓글이 달리니까 싸울 수도 없잖아요. (웃음)

이제 여러분과 저는 비밀을 간직한 서로의 베드로가 되었어요. 여러분의 안전을 위해 저도 가끔 여러분을 부인할 거예요. 미션 임파서블의 미션 방식처럼요. (웃음)

"저 사람 혹시 당신 팬이야?"
누가 이렇게 물으면
"아닌데요! × 3"
이렇게 동트기 전에 세 번 부인할 거예요.
그러나 우리는 다시 믿음으로 만날 거예요.
베드로!!

러브콜

지난해 어느 라디오 프로그램 진행자가 휴가 가는 바람에 제가 일주일 정도 진행을 맡은 적이 있어요. 그때 초대 손님으로 나온 정치인이 대본에도 없던 질문을 제게 하더라고요.

"(정당) 영입 제안을 받은 적 있지 않나요?"

그래서 사실대로 말했죠.

"거대 양당에서 다 받았습니다.

그런데 제가 한 가지 조건을 내세웠더니

두 곳 다 더는 연락이 안 오더라고요."

"뭐라고 했는데요?"

"대통령 후보 시켜 주면 하겠다고 했죠."

"네? 이상한 사람이라고 생각하지 않았을까요?"

"맞아요. 잘못하면 좀 이상한 사람으로 찍힐 수 있습니다.
그런데 이상한 사람으로 찍혀야
다신 그런 제안 안 할 테니까요.
이런 거절 방법 좋지 않나요?
이게 정치권 러브콜을 거절하는 저만의 비법입니다."

그런데 혹시 몰라서 (웃음) 제가 만들고 싶은 1호와 2호 법안은 미리 생각해 두었습니다.

1호 법안은 12월 24일에 커플들은 길거리로 나오지 못한다.
2호 법안은 잘생기고 이쁜 것들에겐 종합 얼굴세를 부과한다.

잘생긴 얼굴을 가지고 있는 것들에게 '종합 얼굴세'를 물려야 합니다. 노력과 대가 없이 얻은 것에는 반드시 세금이 따라붙어야 합니다. 이런 게 대표적인 엄마, 아빠 찬스 아닙니까? 맞잖아요. 여기에 분노해야 합니다.

저도 분명히 종합 얼굴세를 엄청 내겠죠? (웃음)

'제동씨는 환급이에요.'

혹시 속으로 이렇게 생각한 베드로 있다면

손 번쩍 들고 있으세요! (웃음)

베드로!

베드로!

'아침구름감상협회' 회원 모집 중

멍 때리는 연습, 사실 저는 가끔 해보는데 좋더라고요.

예전부터 제일 쓸데없는 일을 표현할 때 '뜬구름 잡는 이야기'라고 하잖아요.

어느 책에서 봤는데 실제로 영국에 '구름감상협회The Cloud Appreciation Society'라고 있대요. 말 그대로 뜬구름 잡는 거죠. (웃음) 듣는 순간에 벌써 마음이 되게 좋지 않나요? 참여 방식은 이런 거예요. (웃음) 참가자가 언제 어디서 본 구름의 이름을 짓고, 그 구름을 감상한 느낌을 SNS 커뮤니티에 적는 거예요.

구름감상협회, 가입 아무도 안 할 것 같죠?
회원이 진짜 많아요. 그런데 거의 하는 게 없어요.

'언제 템스 강변에 모여라.'
이렇게 공지하면 사람들이 모여요.

사람들이 모이면 이렇게 얘기해요.

"lie(누우세요.)."

시키는 대로 따라하면 돼요. 딱 눕잖아요. 이렇게 말해요.

"See the sky(하늘을 보세요.)."

그러면 또 이렇게 말해요.

"Can you see these clouds(구름 보이나요?)?"

그럼 사람들이 대답해요.

"Yes(보여요.)."

"Ok. take your time(자, 여유롭게 즐기세요.)."

그렇게 약 1시간쯤 지난 후에 "Wake up(일어나세요.)"이라고 안내자가 말하면 사람들이 일어나 종이에 자기가 봤던 구름을 그리고 느낌을 적어요. 그리고 나서 각자 자기 것을 발표해요.

"내가 본 구름은 이랬고….."

대부분 결과는 똑같아요.

"지금은 없네요."

계속 움직여서 사라졌거든요. 이 협회에 많은 사람이 가입했어요. 가입 조건이 큰 게 없어요. 그냥 나도 구름을 보겠다는 생각만 있으면 돼요.

고고!

또 나중에 한번 참여해 보고 싶은 대회가 있어요. 어느 나라인지 잘 기억나지는 않는데, 사람들이 모여서 조그만 나뭇가지나 나뭇잎을 강에 띄우고 강 하류에 결승선이 있어서 제일 먼저 통과한 나뭇가지와 나뭇잎을 띄운 사람에게 상을 주는 대회예요. 나뭇가지는 나무에서 잘라내면 안 되고 떨어진 걸 주워서 사용해야 하는 규칙이 있어요. 그리고 막 박수치며 응원하는 거예요. 중간에 자기 나뭇가지가 어디에 걸리면 괴로워하고, 손을 댈 수는 없으니까 옆에서 기도하고, 맥주 마시면서 응원도 하고요.

사실 속도와 효율 면에서 보면 진짜 쓸데없는 일이죠. (웃음) 100미터를 어떤 나뭇가지가 빨리 가나 시합합니다. 엄청 열렬히 응원합니다. 내 나뭇가지에게 "가자"라고 외치고 어딘가에 걸리면 "힘을 내"라고 다시 외치는 거예요. 그렇게 해서 1등 하면 상금도 줍니다.

이 대회를 보면서 어떤 일에 도전했다가 실패했거나 이기지 못

했다고 그것이 나의 잘못만은 아니라고 생각하게 되었어요. 뿐만 아니라 성공했어도 나의 노력만으로 가능했던 건 아니고요. 물살의 도움, 그 길에 장애물이 있고 없고에 따라 결과가 달라지니까요.

저는 우리 사는 거 거의 비슷하다고 생각해요. 그러니 성공했다고 너무 으스대서도 안 되고, 지금 좀 안 돼 있다고 해서 너무 기죽을 필요도 없다는 걸 이 대회를 보면서 느꼈어요.

근데 영상 보면 진짜 웃깁니다. 진짜 열심히 해요. 어떤 사람은 웁니다. 근데 약간 눈물 나지 않습니까. 자기 나뭇가지에 닿을 수 없는 기도지만 어쩌면 비슷한 자기 인생을 응원하는 것처럼 기도를 해요. 우리도 나중에 그런 시합 한번 해봐요. 남들이 보고 쓸모없는 것이라고 해도 우리가 좋으면 되는 거죠.

앞으로 제 인생의 목표라면 그겁니다.
나무처럼 무해한 인간,
자기가 나무라는 생각도 없이 그냥 서 있는 무해한 인간.
그리고 유익한 인간도 되고 싶지 않아요.
피곤하잖아요.
그리고 내가 내 기준에 유익한 거지,
남들한테 반드시 유익하다는 보장도 없잖아요.

최근에《당신의 마음에 이름을 붙인다면》이라는 책을 보다가 너무 아름다운 말이길래 한참 동안 들여다봤습니다.

'구름은 언제 비를 뿌릴지 정하지 않는다.
그저 물로 가득 채워질 때를 기다릴 뿐이다.'

이걸 중국어로 '우웨이wúwèi' 라고 하고,

한자로 뭘까 찾아보니 '무위無爲' 입니다.

어떤 일이 순리대로 흘러가도록 간섭하지 않고 두는 것,

억지로 하지 않는다는 뜻이죠.

우리 마음도 가끔은 고요해질 때까지 그저 가만히 바라봐 주는 것,

저는 그게 좋더라고요.

찐득하게 말고, 바삭하게

사람들이 물어요, 저에게.

"어떻게 하면 이성 친구를 만날 수 있어요?"

이런 질문을 저에게 한다는 거 자체가⋯. (웃음)

아시다시피 저 혼자 삽니다. 제가 그 답을 알면 혼자 살겠습니까? 그리고 알아도 누가 더 잘 알겠습니까? 당사자들이 훨씬 잘 알겠죠. (웃음)

어느 중학교에 갔더니 3학년 여학생이 손을 들고

진지한 얼굴로 이렇게 질문을 해요.

"좋아하는 오빠가 있는데, 어떻게 해야 사귈 수 있을까요?"

제가 "그 오빠는 어떤 사람이야?" 하고 물었더니 표정이 바뀌어요.

웃음이 가득해요.

"잘생겼고, 공부도 잘하고요.

리더십도 있고요. 그리고 농구도 잘하고요."

이렇게 듣고 있다 보니 그 오빠가 만화 〈슬램덩크〉에 나오는

남자 주인공인가 싶었어요. (웃음)

"너 진짜 그 오빠를 잘 아는구나?"

이렇게 말했더니 잘 안대요. 중2 때부터 지켜봤대요.

그래서 제가 물었어요.

"그러면 상대를 잘 아는 사람이 연애를 잘할까?

잘 모르는 사람이 잘할까?"

그랬더니 "잘 아는 사람이 해야 잘하죠" 하고 답해요.

"나는 그 오빠 얘기를 처음 듣고, 너는 그렇게 잘 아는데

누가 더 잘할까?" 다시 물었더니 걔가 환하게 웃으면서 말해요.

"맞네요. 아저씨, 진짜 말 잘하네요."

그냥 이렇게 마음을 열면서 얘기하는 거예요.

'마흔아홉 먹도록 혼자 사는 사람이 연애에 대해서 뭘 알겠나?'

속으로 이런 생각을 할지도 모릅니다. 천만에요. 성공은 가장 멍
청한 스승이고요, 실패가 가장 위대한 스승이라는 말도 있잖아요.
연애 잘하는 사람들이 실패의 아픔을 알까요? 실연의 아픔을 알까
요? 잘생기고 이쁜 것들이 정말 고단한 연애를 알까요? 짝사랑을

알까요? (웃음)

먼저 고백할 필요도 없이 서로 사랑하고 사랑을 받았던 사람들이 이런 아픔을 알까요? 수많은 사람들로부터 고백을 받아 본 이들이 치열한 연애 문제에 대해서 이야기할 수 있을까요? 천만에요. 이런 측면에서 본다면 스님, 목사님, 신부님, 수녀님을 제외하고 지금 연애에 대해서 가장 잘 얘기해 줄 수 있는 사람이 바로 접니다. (웃음)

제 얘기를 잘 듣되, 대신 연애는 여러분이 알아서 하세요. 여러분 인생이니까요. (웃음) 저는 다만 여러분이 최대한 많이 고백하기를 바랍니다.

우리가 상대방에게 "내가 널 좋아해"라고 고백했다고 생각해 보세요. 근데 상대방 쪽에서 "미안해. 나는 아니야"라고 하면 "미안할 게 뭐 있어, 알았어" 하고 가면 돼요. 그렇잖아요. 누군가가 고백하더라도 내게는 거절할 자유가 있으니까요.

"너의 마음을 인정하지만 나는 받아들일 수 없어."
이건 상대가 내 고백을 거절할 때 행사할 수 있는
당연한 권리죠.
그러니까 바삭바삭하게 고백하세요.
찐득찐득하게 하지 말고 바삭바삭하게.

이렇게 쓰긴 했지만
사실 제 마음은… 찐득 찐득, 진흙탕!
바보!!

고 백 해 !

8

저는 '그런 세대'가
되고 싶습니다

"요즘 것들!"

"요즘 것들은 말이야….."

우주 나이 약 138억 년,

지구 나이 약 46억 년,

호모 사피엔스 수십만 년.

"요즘 것들!"

이런 얘기하는 사람은 나이가 몇 살일까요?

자기도 요즘 것들이면서. (웃음)

MBC에서 라디오를 진행할 때 만난
배철수 선배님이 하신 이야기가 있습니다.
"한 살이라도 어린 사람이 한 말이 맞아."

호탕하게 웃으며 후배들의 이야기에 귀를 기울이셨죠. 물론 어린 사람이, 후배가, 젊은이가 하는 말이 항상 맞지 않을 때도 있지만, 어른이 어린 후배에게 보내는 지지의 그 한마디는 굉장히 든든하거든요. "요즘 것들이 그렇지" "요즘 애들은 말이야…"라는 화살촉같이 구분 짓는 말보다 백배 천배 우리를 자라게 합니다.

요즘 제게는 중학생과 고등학생 아이들을 만나는 자리가 많습니다. 어른들이 'Z세대'니 '알파세대'니 하는 아이들과 함께 책을 읽고 인생 고민을 나눕니다.

"공부 시간에 집중이 안 돼요."

"남자친구가 생기지 않아 고민이에요."

"컴퓨터게임 실컷 하고 싶어요."

연애 고민부터, 부모님과의 관계, 공부 문제, 미래에 대한 고민까지 다양한 종류의 질문지를 받다 보면 이 아이들의 고민이 지금 제 고민과 크게 다르지 않아 살며시 웃음 짓기도 하고, 제가 청소년기에 했던 고민을 그대로 옮겨 놓은 것 같아 안타까울 때도 있습니다.

시험 기간이 다가오는데 좋아하는 사람이 생겨서 공부도 안 되고, 그 사람 생각만 나는데 고백해야 할지 말아야 할지 고민된다고. 아저씨 같으면 어떻게 하겠냐고 눈을 초롱초롱하게 빛내며 슬픈 표정으로 묻습니다.

제가 대답합니다.

"아저씨 나이가 마흔아홉인데, 지금까지도 혼자 사는 내가 과연 이 질문에 답할 자격이 있을까? 그래도 듣고 싶다면 아저씨 생각을 들려줄게."

이 대답에 아이들이 한바탕 꺄르르 웃습니다. 마음의 문을 여는 게 느껴집니다. 그때가 제게는 가장 행복한 순간입니다. 한 존재가 다른 존재들과 더불어 그저 환하게 웃을 수 있는 순간 말입니다. 잠시 잠깐이나마 세대 구분도 없고, 시간과 공간의 개념마저 사라진 것처럼 함께 웃을 수 있는 그 순간 말입니다. 이어서 아이들이 말합니다.

**그런 말 하는데 무슨 자격이 필요하냐고,
아저씨 말하는 대로 우리가 살 것 같냐고….
감히 침범할 수 없는 자부심도 보입니다.
우리 아이들 멋있습니다.**

그래서 아이들에게 제 생각을 말했습니다.

"시험 기간 중엔 무조건 고백해야 한다. 그래야 고백받은 아이에게 고민을 넘기고 너는 시험공부를 할 수 있다. 나는 얼굴도 본 적 없는 그 아이보다 지금 함께 이야기를 나누고 있는 너의 편이니까. 네가 고민이 없고 편했으면 좋겠다."

그리고 한 가지 덧붙였어요.

"한 가지 기억할 것은 고백하는 건 네 자유지만 그 고백을 받아들이든 거절하든 그 선택은 상대방 자유라는 거야."

"오오!"

뜨거운 탄성도 들리고, 꺄르르 웃는 소리도 함께 들립니다.

그 아이가 말합니다.

"제 편들어 줘서 고맙습니다. 잘 생각해 볼게요."

편들어 줘서 고맙다는 말이 제 마음에 콕 박힙니다.

저도 어느덧 이 또래 아이들에게는

까마득하게 나이 많은 사람이 되었습니다.

만약 누군가 제게 어떤 세대로 기억되고 싶냐고 묻는다면,

굳이 대답해야 한다면 저는 이렇게 대답하겠습니다.

나이 어린 세대를 편들어 주는 나이 든 세대!

저는 그런 세대가 되고 싶습니다.

우울한 나의 동지들에게

구미에 있는 중학교 1학년 재경이가 저에게 이렇게 물었습니다.

"아저씨는 어려운 일을 극복하는 데 시간이 얼마나 걸리셨어요?"

제가 머뭇거리다가 대답했습니다.

"한 번은 4년, 한 번은 5년 정도 걸린 것 같은데."

재경이가 한참을 침묵하다가, 이렇게 말합니다.

"잘 견뎌내셨습니다."

저의 얼이 담뿍 위로받고,

다시 흥을 낼 수 있는 말이었습니다.

사람은 고통 그 자체보다 이 어둠이,

이 괴로운 감정이 언제 끝날지 모르기 때문에

외롭고 힘든 거라고 생각해요.

고난은 벼락처럼 끝나요.

그리고 언젠가 끝나는 걸 알게 되면 사람은 덜 힘들어요.

우리 학교 다닐 때 견딜 수 있는 건 6교시가 있었기 때문이잖아
요. 언제 끝나는지 알면 견딜 힘이 생겨요.

예전에는 이게 언제 끝날지 몰라서 더 힘들었던 거죠.

"아, 나 진짜 행복해. 전혀 외롭지 않아."

살다 보니 이런 게 행복이 아닌 것 같아요.

그냥 불행하지 않은 상태,

괴롭지 않은 상태면 된다고 생각합니다.

삶은 되게 힘들다가도 해 한 번 딱 비쳤을 때

"아이고, 괜찮네."

그런 순간 하나 정도 있으면 사람은 사는 것 같아요.

이런 순간이 온다는 것만 알면 견딜 힘이 생겨요.

"너는 너무 우울해 보여!"

제게 이렇게 이야기하는 사람이 있습니다.

이럴 때 저는 이렇게 답합니다.
"내 모든 밝음은 우울함에 뿌리를 두고 있고,
내 모든 우울함도 밝음에 뿌리를 두고 있다"고.
"그러니 나의 우울에 대해
함부로 말하지 말라"고 말입니다.

우울이라는 아이는 살면서 한 번도 지지나 응원을 받지 못하고 제 마음 한쪽에 자리 잡고 있었습니다. 지금도 여전히 제 마음 안에 7할을 차지하고 있습니다. 자연스럽게 저는 우울의 편이고, 늘 우울을 찬양하는 쪽입니다. 제 성향이 좀 우울해서일 것입니다.

저도 가끔 이 아이가 마음에 들지 않을 때가 있습니다. 인스타그램이나 페이스북이나 유튜브에 나오는 사람들처럼 적극적이고, 밝고, 유쾌한 사람이 되고 싶을 때가 있습니다. 모든 이에게 환영받는 밝음과 유쾌함을 바라서입니다. 그럼에도 불구하고 저는 저의 우울을 적극적으로 옹호하고 엄호합니다. 그럴만한 이유와 자격을 그 아이가 가졌다고 믿어서입니다.

우울과 소심이 없었다면, 나는 나의 위험에 잘 대처할 수 없었을 겁니다. 우울과 슬픔이 없었다면, 수많은 이별과 외로움을 견뎌낼 수 없었을 겁니다.

푸른 숲 아래 축축한 이끼들이 생명의 근원과 시초를 이루어냈듯, 우리의 삶이라는 숲도 눈물로 축축하게 적셔진 우울함이나 슬픔 없이는 이루지 못합니다. 저는 그렇게 믿습니다.

그래서 시간이 날 때마다 그리고 우울하거나 슬플 때마다 그들을 깊이 만납니다. 피하고 밀쳐내는 대신 왜 그런지 꺼내 보고 물어봅니다. 억지로 밝은 곳으로 나오라고 다그치지 않습니다. 말없이, 조용히 우울을 지켜줍니다.

저의 우울에게는 비밀이지만, 사실 밝고 유쾌한 저를 더 좋아합니다. 하지만 왠지 모르게 짠하고, 마음 쓰이고, 북돋고 싶은 쪽을 묻는다면 저의 우울입니다. 쭈글쭈글하고, 불안정하고, 왠지 모르게 늘 비에 젖은 모습이어서 바싹 마른 수건으로 닦아 주고, 안고 싶은 쪽은 저의 푸른 우울이기 때문입니다. 새파란 하늘과 초록빛 숲만을 지지하는 세상에서 꽤 외로웠을 그 아이, 우울한 나의 동지들에게 결연한 선언문을 읽어 주고 싶습니다.

우리의 우울도, 슬픔도, 이끼도 모두 초록빛이라고.

우리도 찬란한 쪽빛이라고.

우울과 눈물이 뿌리는 습기가 없으면

세상 모든 기쁨도 헛것이라고.

우울한 나의 동지들이 이 글을 읽는다면 서로의 우울을 안고 지키고 칭찬해 주기를 바랍니다. 우울과 푸름은 둘이 아님을, 기쁨과 슬픔은 대립이 아니라 좋은 짝임을, 슬픔과 우울 덕분에 우리는 서로에게 더 다정해질 수 있었다고 그들에게 고마워할 수 있기를 바랍니다.

이 글을 전적으로 제 안의 우울에게 바칩니다.

여러분, 문득문득 우울합시다.
그래도 괜찮습니다.

수능 날에

김치찌개 조금 남았을 때 라면과 두부와 대파를 조금 더 넣고 끓이는 것은 진리입니다. 잘 먹었네요.

찬바람이 부는 때가 되면 함께 사는 아이가 없는데도 마음이 쓰입니다. 젊고 힘 있으니 모두 자기 길을 굳건하고 당당하게 걷겠지만, 시험 날짜가 다가올 때 그 마음은 어떻게 말로 다 할까요.

지켜보는 사람이나 준비하는 아이나 모두 모두 따순 밥 한 끼 먹이고, 숨 함께 깊이 들이쉬어 주고 싶은 마음입니다.

마음 말고 보탤 게 없고,

짠하면서도 깊이 응원하는 맘마저도 혹시 짐이 될까 봐

동네에서 마주치고 인사하면 그저 환하게 웃기만 합니다.

가방을 메고 걸어가는 뒷모습을 보며,
그저 편안하라고, 대책 없는 말이지만, 정말 괜찮다고.
오롯이 너로 충분하다고.

이름 아는 아이, 이름 모르는 아이들에게, 책장 속에 낙엽 넣듯이 슬며시, 그러나 진정으로 맘 담아 돌아서 걸으며 기도합니다.
하는 일 없이 늘 아이들 앞길만 막은, 이름만 어른인 사람의 속죄하는 마음도 담습니다.

저토록 둥글고 밝은 달 하나씩
모두의 마음속에 둥실 떠올라
다 괜찮다고 은은하게 말해 주는 밤이면 합니다.
맘 졸이는 귀한 아이들에게,
맘 졸이는 가족들에게,
말없이 그 마음 다 알아주고 받아 주는
둥근 달 하나씩 떴으면 좋겠습니다.
평화를 빕니다. 평화를 빕니다. 평화를 빕니다.

첫눈

찌개가 남은 날은 밥이 없어서 밥하고.

밥이 남은 날은 찌개가 없어서 찌개하고.

어찌 맞춰 보려고 찌개 남은 데다 라면 넣어 끓여서

밥 남은 거 싹 처리하면,

밥하고 찌개가 둘 다 없어서 밥과 찌개를 하고.

가끔 밥도 있고 찌개도 있어서, 오늘은 좀 수월하겠다 싶으면

빨래할 때가 됐고.

설거지를 끝내고 드디어 믹스커피 한 잔을 먹으려는데,
다 헹궈서 씻고 손 닦았는데, 냄비 안 씻은 게 보이고.
다시 시작하고.

내가 미워지고.
그랬는데, 오늘 첫눈이 내리고.

눈은 세상도 씻어내는데,

나는 내 그릇은 씻어야지 하는 가뿐한 맘으로

탄이 밥그릇 물그릇과 내 밥그릇을 씻고.

잠시 든 좋은 맘도 그뿐이고.

역시나 설거지는 귀찮고. 하기 싫고.

그래도 첫눈은 참 좋고.

귀찮고 하기 싫은 일이지만

탄이 밥 먹는 와그작와그작 소리는

늘 왠지 짠하고, 장하고, 기쁘고.

사랑하는 것들의 먹는 모습은 모두

첫눈 같고.

그래서 또 설거지할 힘이 생기고.

그래서 가끔 설거지는 설레고.

이제 다섯 살이니까,

'내년부터는 스스로 하겠지'라고 생각하며

물끄러미 탄이를 바라보고.

첫눈 온 날 여러분께 안부 전합니다.

전 설거지했습니다.

여러분은 사랑하는 이들과 함께 설렜기를….

진정한 성공이란

여러분은 진정한 성공이란 뭐라고 생각하세요?

저는 세상에서 제일 성공한 사람은

자기에게 다정한 사람이라고 생각합니다.

스스로에게 다정한 사람.

저는 마지막 순간에 꼭 제 자신에게 어떤 지적을 하게 되는 때가
있어요. 그런데 살다 보니 자기의 가장 큰 지지자가 되어 주는 것.
저는 그게 인생에서 가장 큰 성공 같아요.

세상에서 누가 나를 가장 많이 드잡이할까요?

사실 가만 생각해 보면 나 자신입니다.

남한테는 절대 안 하는 비판도 많이 합니다.

만약 친구가 시험에 떨어지면 이렇게 얘기하겠죠.

"열심히 하는 거 아는데. 다음에 되겠지, 뭐."

"시험이 한두 번 있는 것도 아니고 그냥 또 하면 되지.

야, 어디 가서 밥이나 먹고 마음 풀자."

그런데 자기가 그런 경우를 당하면 어떻게 하나요?

무의식적으로 자기에게 얘기합니다.

"너 같은 게 놀 때 알아봤다. 잘 때 알아봤다.

기숙사에서 밥 먹고 잘 때 알아봤다.

너 같은 게 그렇지."

이렇게 무자비하게 얘기합니다. 왜 그럴까요?

내가 제일 만만하고, 나에게는 예의를 안 갖춰도 된다고

생각하기 때문에 그렇습니다.

그래서 누구보다 더 냉정한 잣대를 들이댑니다.

친구하고 사이가 안 좋으면
잠깐 안 보다가 다음에 또 만나면 되고,
학교가 정 마음에 안 들면 전학 가면 되지만
자기하고 관계가 안 좋으면

평생 어디 갈 데가 없습니다.
그래서 자기에게 친절해야 합니다.
자기에게 가장 친절한 사람이 되는 것이
제일 중요한 일이라고 생각합니다.

스스로에게 늘 예의를 갖추고 "애썼다" "고생했다" 해주면 됩니다. 남한테 갖추는 예의도 중요하지만, 자기한테 예의 갖추는 일은 더 중요하다고 저는 생각해요.

저는 다른 사람이 내 마음을 알아주는 것도 좋지만 자기가 자기 마음을 알아주는 게 제일 먼저라고 생각합니다. 우리가 살면서 누구하고 있는 시간이 제일 많을까요? 자기하고 있는 시간이 제일 많잖아요. 그래서 자기 멱살을 잡고 흔들지 않는 게 제일 중요하다고 생각합니다. 자기가 자기 멱살을 잡고 흔들 때 알아채고 멈출 줄 알면 저는 그게 깨달은 부처님이고 사랑의 예수님이 아닐까 싶어요.

힘들 때일수록 제일 가까이 있는 자기가, 가장 가까이 있는 자기가 제일 든든한 지원군이 돼 줘야 한다고 생각합니다.

근데 보통 나의 가장 지독한 안티가 나입니다.
세상에서 나를 제일 만만하게 대하는 사람이 나예요.
저도 그렇습니다.

나한테 제일 욕 많이 하는 사람은 사실 나 자신입니다.

한번 보세요. 평생을 통틀어서

'아이고, 너 같은 게. 네가 그렇지.'

이런 얘기 제일 많이 하는 게 사실은 나입니다.

이건 여러분한테 드리는 말씀이자 저한테 하는 이야기이기도 합니다.

너로 살아도 괜찮아!

'이제 그러지 말아야지.'

이렇게 다짐해도 버릇이 들어서 그런지 마음이 계속해서 자기를 괴롭히는 쪽으로 갑니다.

"나답게 살아도 괜찮다!"

제가 이렇게 얘기하면 가끔 저한테 되묻는 분들이 있습니다.

"그렇게 살아서 잘못되면 당신이 책임질 건가요?"

아니요. 선택과 그에 따른 책임은 각자 지는 거죠. 자기 인생이니까요. 다만 제가 하고 싶은 말은 이거예요. 살면서 우리는 "당신이 옳다!" 이런 얘기 잘 못 듣잖아요. 그런 지지는 인간을 나태하게 만드는 것이 아니라 균형이 잡히도록 한다고 생각합니다.

화가 나면 '아, 내가 화내면 안 되지'가 아니라 '내가 화를 내는구나. 난 이럴 때 화가 나는구나' 이렇게 알아주는 거죠. 친구들이 화내거나 힘들어할 때 들어주고 같이 가서 싸워 주잖아요. 내가 화 낼 때도 마찬가지라고 생각합니다.

‘아, 나 지금 슬프구나!’
이렇게 알아줍시다.
내가 내 마음의 첫 번째 지지자가 되어 줍시다.
그래야 우리 삽니다.

오늘도 어깨동무

홍길동이 팔도에 동시에 나타났다는 이야기는 그가 신묘한 능력을 갖췄다기보다는 '홍길동의 정의로움에 공감한 사람들이 그를 대신하여, 어려움에 처한 이들을 도왔다'는 의미라고 생각합니다. 스파이더맨의 패기만으로 이룰 수 없던 일을 아이언맨이 오랜 경험과 재력으로 돕습니다. 아이언맨 혼자서 이룰 수 없는 일을 스파이더맨은 사람들과 힘을 모아 이루어냅니다.

영웅이 아닌 우리도 그러합니다. 늘 싸우고 다투는 듯이 보이기도 하지만, 우리는 뉴스에서 교통사고로 아이가 차 밑에 깔리자 사람들이 힘을 모아 무거운 차를 들어 올리는 모습을 보기도 합니다.
"요즘 애들 큰일이야!"

이런 말을 하는 어른들도 있지만, 수레에 모아 둔 폐지가 바람에 날아가자 거리에 떨어진 폐지를 함께 정리해서 어르신과 수레를 경호하듯이 따르는 학생들을 봅니다. 그리고 무거운 수레를 끌고 천천히 건널목을 건너는 어르신과 학생들을 경적도 울리지 않고 기다리며 길게 늘어선 차들을 봅니다.

머릿속에서나 일부 말초적인 인터넷 뉴스와 달리, 우리는 곳곳에서 우정을, 협조를, 연대를 경험합니다. 저는 개인이 혼자서 모든 것을 이룰 수 없다는 사실을 깨닫는 것을 절망의 확인이 아닌 희망의 깨달음으로 읽습니다. 참 다행입니다. 우리는 기대지 않고 홀로 설 수 없습니다. 얼핏 아이러니하게 들릴 수도 있지만, 그것을 아는 순간 진정으로 홀로 설 힘이 생긴다고 저는 믿습니다.

> 새잎 아가들은 연한 입술로 옹알이를 한다
> 참, 그만 모든 것 내던지고 싶은 이 만신창이 별에서
> 숲은 무슨 배짱인지 또 거뜬히 봄을 시작한다
> 환장할 일이다
> -조향미, 〈상림의 봄〉 중에서

사는 게 가끔 버겁다고 느껴질 때 있지만 봄이 오고 꽃이 피면 시인의 말처럼 우리는 '만신창이 별에서'도 '무슨 배짱인지 또 거

뜬히 봄을 시작'할 수 있습니다. 나의 힘이 닿지 않는 곳에서 우정이, 우정의 힘이 모여서 협조가, 협조를 이루어낸 기쁜 경험들이 연대를 이루어냅니다.

전에 산불이 난 곳에 가서 김제동과어깨동무 회원들과 함께 복구 활동에 참여한 적이 있습니다. 그리고 얼마 후 또 다른 수해 현장을 찾아 봉사 활동을 갔었는데요. 전에 산불 피해를 입었던 가족들이 오셔서 봉사자들에게 이렇게 말씀하신 적이 있습니다.

"우리 마을에 산불 피해가 났을 때
받은 도움이 잊히지 않아서,
수해 현장에 조금이라도 도움이 되고 싶어
아이들과 함께 달려왔습니다."

김제동과어깨동무와 둘러앉아 온몸이 흙투성이인 그 가족의 등을 보며 몇 번이나 마음으로 절했습니다. 우리는 그런 믿음이 있어야 삽니다. 그런 경험이 있어야 평화를 얻을 수 있습니다. 어려울 때, 고통스러울 때, 내 곁에 반드시 사람이 있을 거라는 믿음. 저는 그걸 '우정'이라고 부르고 싶습니다.
그 우정이 무차별적으로 사람들을 향해 뻗어 나가는 힘찬 걸음을 저는 '협조'라고 부르고 싶습니다. 그 협조들이 조직되어 있어

사람들에게 든든한 빽이 되어 주는 것을 저는 '연대'라고 부르고 싶습니다.

가끔 다투고, 불화하고, 갈라져 있는 모습들만 보이는 듯해도 조금만 눈을 돌리면 그렇지 않다는 증거가 곳곳에 차고 넘칩니다.

외로운 사람들의 마음에 이 글이

우정으로 닿기를 기도합니다.

산불로 고통받고 있는 지역에

우리의 협조가 닿기를 기도합니다.

소방관분들의 마음에

우리의 마음이 닿기를 기도합니다.

전쟁으로 고통받는 모든 나라와 지역에

우리의 연대가 닿기를 기도합니다.

지금도 알게 모르게 생명을 나누어 주고 있는

세상의 수많은 이들에게.

자기만 모르고 있지, 사실은 존재 자체만으로

서로에게 위로가 되는 수많은 우리에게.

깊이깊이 절하고 고개 숙입니다.

이 글을 읽는 여러분과 저와의 우정도 슬며시 기대합니다.

평화를 빕니다. 우정을 빕니다.

가끔 바람 불고 마음 소란스러울 때 있겠지만

다들 거뜬히 봄을 시작하셨으면

그랬으면 좋겠습니다.

내 말이 그말이에요

1판 1쇄 발행 2024년 3월 20일
1판 2쇄 발행 2024년 4월 5일

지은이 김제동
펴낸이 이선희

기획 편집 이선희
편집 구해진 구미화 박소연 김지연
녹취 정지은 유선희
저작권 박지영 형소진 최은진 서연주 오서영
디자인 김이정
마케팅 정민호 박치우 한민아 이민경 박진희 정유선 황승현
브랜딩 함유지 함근아 박민재 김희숙 고보미 정승민 배진성 박다솔 조다현
제작 강신은 김동욱 이순호
제작처 영신사

펴낸곳 (주)나무의마음
출판등록 2016년 8월 25일 제406-2016-000107호
주소 10881 경기도 파주시 회동길 210
문의전화 031-955-7972(마케팅) 031-955-2643(편집) 031-955-8855(팩스)
전자우편 sunny@munhak.com

ISBN 979-11-90457-32-3 03810

www.munhak.com